追憶の美女

日本海篇

霧原一輝

JN054446

双葉文庫

目次

追憶の美女　日本海篇

第一章　露天風呂での戯《たわむ》れ

1

目の前には、鈍色《にびいろ》に光る冬の日本海と、どんよりと低く垂れこめた灰色の空がひろがっていた。降り積もった雪で、海岸は白い。

青森《あおもり》県西津軽《にしつがる》地方の日本海を臨む海辺には、波で侵食《しんしょく》された奇岩が多い。

ここにも、黒々とした奇妙な形の岩が無数に海中から突き出していて、それを荒波が洗っている。

凍《い》てつくような寒さのなかで、本田康光《ほんだやすみつ》は海岸沿いにある露天風呂に急いでつかった。

茶褐色《ちゃかっしょく》のお湯がじんわりと沁《し》みこんできて、さっきまでの寒さが嘘のように心地よさに変わる。

打ち寄せる波が、雪がわずかに積もった岩にぶち当たって、派手に砕ける。

（心まで洗われるようだな。ここまで足を延ばしてよかった……！）

茶褐色のお湯に足を伸ばして座り、目の前にひろがる絶景を目にしながらも、気持ちは会社に飛ぶ。

仕事始めが一段落して、社員たちも一息ついたところだろうか。

康光は中堅商社E商事で営業部の課長をしている。

三十六歳の働き盛りの康光が、平日になぜ青森の黄金崎《こがねさき》不老《ふろう》ふ死《し》温泉にいるかというと――。

四カ月前、康光は会社の車で営業先をまわっていた際に、大事故に巻き込まれて瀕死《ひんし》の重傷を負った。

もう少し打ちどころが悪ければ死んでいたかもしれないと、医者に見立てられたほどの大怪我で、生死の境をさまよった。

棺桶《かんおけ》に片足を突っ込んだ状態からの、奇跡的な生還《せいかん》だった。

死を覚悟したとき、康光の脳裏を走馬灯《そうまとう》のようによぎったものがある。

それは、つきあっていながら今一歩踏み込めず、最後の一線を越えられなかった女性たちの顔だった。

（あれは、抱けたかもしれない女性ともう一度、逢ってみろという神様のお告げだったのではないか？）

康光は二十八歳で結婚したが、二年前に離婚していた。その経験が、自分にはもっと適した女性が周りにいたのではないか、という思いに向かわせたのかもしれなかった。

死にかけたとき、会社のことなどひとつも頭に浮かんでこなかった。

あれほど一生懸命に働いていたのに――。

（そうか。俺は命じられたことをただひたすらこなしていただけで、そこには自分の魂《たましい》がまったくこもっていなかったんだな。だから、臨終《りんじゅう》を迎えるかもしれないというときでも、会社などまったく思い浮かばなかったのだ）

骨折が治り、リハビリもだいたいクリアした。だが、会社からは、「無理するな。もう少しゆっくり休め」と言われていた。

そこで、康光はしばらく旅に出ることにした。そして、「抱けたかもしれない女性たち」に逢って、あわよくば、かつての思いを遂げたい。

康光は富山《とやま》県出身で、高校まで地元にいた。

幸いにも、かつてのガールフレンドのほとんどが、今も日本海の沿岸の町に住んでいる。

リハビリを兼ねての湯治《とうじ》で、日本海の沿岸の温泉をゆっくりと巡る予定だが、同時にかつて心を交《か》わした女性たちと再会する旅でもある。

康光がまずこの不老ふ死温泉に来たのは、中学生のときに片思いだった先輩が、近くの温泉旅館Oで若女将《わかおかみ》を務めているからだ。

その旅館Oにチェックインする前に、以前から気になっていた不老ふ死温泉の外湯につかりにきたのだ。

ここは旅館本館から五十メートルほど海に向かって歩いたところにある露天風呂で、本館の内風呂でいったん身体を洗ってから、着替え用の籠《かご》を持って、波打ち際まで歩く。

筵《むしろ》で覆《おお》われた簡素な更衣室で裸になって、湯船につかる。

今、康光が入っているひょうたん型の湯船は一応、混浴になっているが、別にも、女風呂として、一段上に楕円形《だえんけい》の湯船が設けられている。

目の前には遮《さえぎ》るものが何もないので、小さな岩の向こうにひろがる日本海を満喫できる。

昨日の雪が残っていて、海岸線は白い。

空はどんより曇り、その色が反映し、海も鈍色に沈んでいる。

荒波が押し寄せてきては、岩に当たって砕け散る。

そんな大自然の厳しい風景を目の当《ま》たりにすると、自分の悩みなどごくごくちっぽけなものに思えて、心がまっさらになっていく。

寒すぎるからか、幸いにして露天風呂には、康光ひとりしかいない。

反対側は茣蓙《ござ》で目隠しされているから、周囲の目を気にすることもない。見ているとしたら、海だけだ。

のぼせる寸前に思い切って、湯船から出た。

「うおおお……」

海に向かって、控えめに吼《ほ》えた。

人がいなくても、大声で叫んだら、いくら何でも恥《は》ずかしすぎる。

寒い。肌に冷えた外気が突き刺さってくる。しかし、今まで温泉につかっていた余韻《よいん》でどうにか耐えられる。今、流行《はや》りの、サウナ用語でよく言われる「ととのう」というやつだ。

（気持ちいい……！）

腰に手を当てて、海に向かっておチンチンを突き出していると、野性が目を覚ましたのか、イチモツが力を漲《みなぎ》らせた。

（おおう、すごい！）

丹田《たんでん》に力を込めると、肉棹《にくざお》がびくん、びくんと頭を振る。

（ああ、俺は生きている！　これを早く女性のオマ×コに突き入れたい！）

今夜、泊まる旅館の若女将である、片山志穂《かたやましほ》の顔が頭に浮かんだ。

じつは、ここ八年ほど逢っていなかったから、当時の記憶しかない。

目鼻立ちのくっきりとした美人だった。

（今はどう変わっているのか。旅館の若女将なんだから、きっとますます色っぽくなったんだろうな）

中学時代は片思いだったが、ちゃんと告白したし、キスもした。

（今夜はどうしよう……）

考えていたとき、背後に人の気配を感じて、振り返った。

2

石畳の洗い場に、若い女性が二人立っていた。

バスタオルみたいな焦《こ》げ茶色の湯浴《ゆあ》み着《ぎ》で胸から下を覆っているが、肩や胸の谷間は見えている。

「失礼しました！」

康光はとっさに股間を手で隠して、お湯につかる。

ここのお湯は塩化物泉《えんかぶっせん》で、鉄分が酸化して茶褐色であり、湯船のなかの体は見事なまでに見えなくなる。

したがって、勃起《ぼっき》したおチンチンも茶褐色に覆われて、見えない。

二人が足から湯船に入ってきた。

「すみません、大丈夫ですか？　もし、気になるなら、女性用に移りますけど」

背の高いすらりとしたほうの女性が、気を使ってくれる。

「いえいえ、ここは混浴ですから。それに、こっちの湯船のほうが大きいし、海に近いから、気持ちいいですよ」

「よかったわ」

彼女が微笑《ほほえ》んで、

「……さっき何か叫んでいましたよね」

やや小柄で巨乳の女性が白い歯を見せた。

「聞こえていましたか……。すみません、気づいたら海に向かって吼えていました」

「ふふ、あれを聞いて、わたしたちどうしようか迷ったんですよ。女風呂に入ろうかって……」

背の高い、くっきりした美人系の女性が言って、チャーミングな顔で康光を見た。

「すみません。誰もいないと思ったもので」

「いいんですよ……でも、ここのお湯につかると、自分の身体が全然見えなくなるんですね」

「鉄分が酸化してこういう色になるみたいです」

「ここのお湯に白いタオルをつけると、茶色っぽい色がつくって、聞いたことがあるわ」

巨乳の女性が言う。

焦げ茶色の湯浴み着をつけているのだが、ここは湯船が浅いので、胸の途中から外に出てしまっている。

その大きな胸のふくらみと深い谷間を、立ちのぼる白い湯けむりが曖昧《あいまい》にしていた。

「そちらに行ってもよろしいでしょうか？　海の近くがいいので」

長身の女性が言った。こちらがリーダー格らしい。

「もちろん、かまいませんよ」

二人が立ちあがって、湯船のなかを歩いてくる。

焦げ茶色の湯浴み着がお湯を吸って、裸身にぴたりと張りつき、身体のラインを浮かびあがらせていた。

一方はすらりしたモデル体形で、もうひとりは小柄の巨乳娘——。

絵に描いたようなコンビである。

康光はどうしても、小柄な女性の巨乳が気になってしまって、ついつい視線がガードされた二つのこんもりとした山に吸い寄せられてしまう。

こちらの女性のほうが色白で、むっちりしている。

二人は康光のそばに来て、海のほうを向いて女座りした。やはり、胸の上半分は出てしまっている。

「うわあ、東映映画の始まりみたい！」

「ほんとうだわ。ナルミ、来てよかったでしょ？」

「うん。やっぱりサキコの言うことは信用できる」

二人がはしゃいだ。

「失礼ですが、お二人は……？」

気になって訊《き》くと、サキコが答えた。

「わたしたち、東京の大学生でもうすぐ卒業なんです。二人とももう就職先も決まったので、卒業旅行に行こうって……わたしが日本海と温泉が好きなので、ナルミと二人で青森から海沿いに下りて行こうと……」

名前は、リーダー格が芦川早季子《あしかわさきこ》。そして、巨乳の彼女は川上成実《かわかみなるみ》で、二人とも二十二歳だという。

「いいですね。余裕の卒業旅行じゃないですか……羨《うらや》ましい」

「あの、あなたは……？」

早季子が好奇の目を向けてくる。

「ああ、失礼しました。俺は本田康光といいまして、E商事で営業部の課長をしています。ついでに言うと、バツイチで三十六歳の独身です」

「すごいじゃないですか、E商事の課長さんなんて。ねえ、成実？」

「うん、その若さで課長さんなら、順調そのものじゃないですか。今日は、お仕事の途中でここに立ち寄ったんですか？」

成実が大きな瞳を向ける。

「そうじゃないんですよ。じつは、会社の車を運転しているときに、交通事故に巻き込まれてね。瀕死の重傷から立ち直って、今は会社から休暇をもらい、療養しているところなんです」

「ええっ、そんなことがあったんですか。大変でしたね。でも、回復なされてよかったですね」

早季子が柔らかく微笑んだ。

「ありがとう。それで、日本海の沿岸にある温泉を北からゆっくりまわって、湯治に励もうと思いましてね……ところで、旅の目的は違うけど、きみたちとたどるコースは似ているみたいだね」

「わたしたちはここの旅館に二泊して、それから南下します。次は新潟《にいがた》県の村上《むらかみ》にある瀬波《せなみ》温泉に泊まります」

「いいね。瀬波もいいよ」

「本田さんも、今日はここにお泊まりなんですか？」

「それが、違うんだ。ここから少し北に行ったところにある、温泉旅館〇にこれからチェックインする。そこで、二泊して南下する予定だから、きみたちとは行程が一緒だね。五能《ごのう》線に乗るんだろ？」

「もちろん」

「そうか……時間が合うといいけどね」

しばらく三人は海岸での雪見露天を愉《たの》しんだ。

そろそろ出たいところだが、股間のものがいまだに半勃起していて、湯船から出ることができない。

早季子が成実の耳元で何か囁《ささや》き、成実がうなずいた。

「あの、わたし、ちょっとやらなければいけないことがあるので、お先に失礼します。早季子はもう少しいると思うので、本田さんはつきあってあげてくださいね。では、お先に……」

そう言って、成実が湯船を出て、更衣室に姿を消した。

何かへんだ——。

さっき耳打ちしたとき、早季子は成実にこうするよう指示を出したのかもしれない。

早季子がぐっと接近して、言った。

「あの……本田さんに頼みたいことがあるんです。聞いていただけますか？」

「……何だろう。怖いな……」

「じつは、成実、まだバージンなんです」

「……！」

「それで……単刀直入《たんとうちょくにゅう》に言いますね。成実のバージンを奪ってほしいんです。女にしてやってほしいんです」

「ちょ、ちょっと待ってよ。俺が、バージンを奪うって……だいたい、成実ちゃんがOKしないでしょ」

早季子が右手をお湯に潜らせた。茶褐色のお湯で完全に右手が隠れたと思ったら、次の瞬間、イチモツをぎゅっと握られる。

半勃起している分身をいきなりつかまれた康光は、エッと目を丸くして早季子を見た。

「さっき、卒業旅行だと言ったでしょ。卒業するのは、大学と成実の処女なんです。わたしたち決めていたんですよ。この旅で、成実はこれという男の人が見つかったら、処女を捧げるって。わたしにはわかるんです。成実、本田さんがタイプだって。だから、お願いします」

そう言いながら、早季子はお湯のなかで、イチモツを握りしごく。

「ぁあああ、ちょっと……あんなにかわいい子なら、俺だって抱きたいよ。だけど、それとこれとは……あううう！」

「これは、お礼です。それに、わたしとしても成実を女にするおチンチンがどんなものか確かめておきたいから……寒いけど、ちょっとの間、そこに座っていてもらえますか？」

早季子がアーモンド形の目で見つめ、いっそう強く、勃起を握りしごいた。

「あ、くっ……わ、わかった」

おチンチンをしこしこされたら、どんな男だって欲望に負ける。

康光は湯船から出て、縁《ふち》の岩に腰をおろした。

入口のほうを見る形だから、誰か入ってくる者がいたら、すぐさまやめさせればいい。

早季子は足の間にしゃがんで、陰毛からいきりたつものに五本の指をからませて、ゆったりとしごく。

擦《こす》りながら、康光を見あげる目が、いやらしいほどに色っぽい。

(大学生にしては、大人びた美人だけど、まさかこんなに大胆なことをするとはな……)

早季子が顔を伏せて、亀頭部《きとうぶ》にキスをした。

チュッ、チュッと窄《すぼ》めた唇を押しつけて、尿道口をちろちろと舐《な》める。

（くおお……！　信じられない）

早季子は長い髪を後ろでシニョンに結《ゆ》っていて、そのうなじがよく見える。

遅れ毛がふわふわしているうなじは、楚々《そそ》として悩ましい。

茶褐色のお湯から湯けむりがあがっていて、それが早季子の白い肩を幻想的に見せている。

日本海の荒波の、打ち寄せては砕ける音がする。

「寒くないですか？」

早季子が顔をあげた。

「ああ、大丈夫だよ」

「よかった。寒いと思うけど、少し我慢してくださいね」

そう言って、早季子がゆっくりと頰張《ほおば》ってきた。

ふっくらとした唇をいっぱいに開けて、いきりたちにかぶせてくる。

半分ほど咥《くわ》え、静かに顔を振って、唇をすべらせる。

そうしながら、余っている根元部分に三本の指をからませて、ぎゅっ、ぎゅっとしごいた。

「ぁあああ……！」

康光は自分でもみっともないと思う声をあげていた。

二年前に離婚してから、仕事の多忙さにかまけて女性とは縁遠くなっていた。

三十六歳という男盛りにもかかわらず、この二年の間、女性を抱かずに、性欲はオナニーで解消していた。

その状態で、いきなり温泉でフェラチオされているのだ。昂奮しないわけがない。

しかも、早季子はとても達者だった。

「んっ……んっ……んっ……！」

つづけざまに、リズミカルにしごかれると、あっという間に爆発しそうになって、

「待った！」

康光は動きを止めさせる。

早季子が言った。

「あ、寒いでしょ、お湯につかってください」

「ああ……ほんとうは、もう寒くて死にそうだったんだ」

確かにそうだったので、素直にお湯につかる。

浅いので、仰向《あおむ》けに寝転ぶ形である。すると、茶褐色のお湯からいきりたった肉柱がにょっきりと突き出していた。それを見て、

「潜望鏡みたい……」

早季子が微笑み、康光の足の間に身体を入れてきた。

ちらっと脱衣所の方を見て、人影がないことを確かめ、湯浴み着を腰までさげた。

「ぁあ、丸見えだよ」

Dカップくらいだろう、ちょうどいい大きさの乳房が冬の午後の陽光に白くぬめ光っている。

直線的な上の斜面を下側の充実したふくらみが持ちあげた、とても形のいい乳房だった。

「人が来たら、言ってくださいね」

そう言って、早季子が康光の左右の足を肩にかけるようにして、いきりたちに顔を寄せた。

次の瞬間、頬張られていた。

ジュルルル——。

早季子は唾音を立てながら、先っぽを啜《すす》りあげる。

「くおお……！」

うねりあがる峻烈《しゅんれつ》な快感に、康光は唸る。

すると、早季子は顔を振り、肉柱をじゅるじゅる啜りあげる。そうしながら、根元を握って、口と同じリズムで力強くしごいてくる。

茶褐色のお湯で、自分の体は消えている。

外に出た肉柱は強い存在感を示し、それをさっき逢ったばかりの大学生が、頬張ってくれている。

何だか現実感がない。

絶えず打ち寄せては砕ける波の音と、不気味な潮騒《しおさい》が聞こえる。

今にも雪が降りだしそうな灰色の雲が低く垂れ込めている。そして、視線を落とせば、上体をほぼお湯から出した早季子が一心不乱に、康光の潜望鏡を頬張っている。

白い乳房もほぼ見えていて、透《す》きとおるようなピンクの乳首が寒さに負けじとせりだしていた。

その乳首が、ストロークするたびに上下に揺れる。

「んっ、んっ、んんんっ……」

つづけざまに唇を往復され、根元を力強くしごかれると、いよいよ切羽詰《せっぱつ》まってきた。

「ぁあぁ、ダメだ……出るぞ！」

康光はぎりぎりで訴えた、
早季子はしごきながら、上目遣《うわめづか》いに見て、出してもいい、とばかりにうなずいた。

「いいのか？　お湯は汚せないよ」

「呑《の》むから、出して」

いったん吐き出して言い、早季子はまた咥え込んできた。

「んっ、んっ、んっ……！」

根元を握りしごかれ、それと同じリズムで唇をすべらせてくると、いよいよ我慢できなくなる。

「出すぞ……出るぅうううううう！」

駄目押しとばかりに強くしごかれたとき、

「うぁあああああ……」

康光は吼えながら、放っていた。

ドクッ、ドクッと発射される男液を、早季子は眉《まゆ》を折って受け止め、コクッ、コクッと嚥下《えんか》している。

（すごい女だ。本当に呑んでくれている！）

ひさしぶりのせいか、止まったと思った放出が何度も起こり、出し尽くしたときは精根尽き果てていた。

絶頂の余韻で目を閉じていると、

「大丈夫ですか？」

早季子の声に、ハッとして我に返り、目を開けた。

「連絡先教えてもらえませんか？」

「……いいよ。ＬＩＮＥでいいだろ」

「はい……必ず連絡します。スケジュールを摺《す》り合わせて、また、逢いたいです。成実のためにも」

「わかった……もう出ようか。さすがに、のぼせた」

「そうしましょう。よかったですね、誰も来なくて。わたしたち、ついてますよ」

「確かに……」

康光がお湯からあがると、早季子もあとをついてきた。

3

温泉旅館Oにチェックインして、部屋に通された。

二間の和室で海側の部屋なので、窓を開けると日本海が眼下に迫る。少し高台にあるせいで、眺望は抜群である。

窓を開けて岩場に打ちつける日本海の荒波を眺めていると、ドアをノックする音がして、

「若女将の志穂ですが、入ってよろしいでしょうか？」

片山志穂の声が聞こえる。

「ああ、どうぞ」

そう返す声が裏返りそうになる。

無理もない。八年ぶりの再会だった。

すぐにドアが開き、襖《ふすま》がすべって、そこに座っていた着物姿の志穂が部屋に入

ってきた。

黒髪を後ろに結い、簪《かんざし》を挿《さ》している。

決して華美にはならない、落ち着いているがセンスのいいストライプの着物を婉然《えんぜん》と着こなしていた。

細面《ほそおもて》だが、表情には隠し切れない艶《つや》があり、見とれてしまった。

「遠いところをありがとうございました。お疲れでしょう」

志穂が畳に正座したまま、見あげてくる。

「いや、来る途中で不老ふ死温泉につかってきましたから、少し元気になりました」

「いいですね。うちも露天風呂はありますが、あそこのように海岸線にというわけにはいきません」

「……いいところでした。あそこは初めてでしたから」

「初めてですか……」

「はい。なかなか行くチャンスがなくて」

「地元の方でも、そういうことが多いですよ。お茶を淹《い》れますね」

志穂が立ちあがって、急須にお茶の葉を入れて、お湯を注《そそ》ぐ。

康光は窓際から離れて、焦げ茶色の座卓の前に胡坐《あぐら》をかいた。

中学校時代が一瞬にして脳裏をよぎった。

康光の部活は卓球部だった。そして、同じ体育館でバレーボールの部活をしていた二学年先輩の志穂にひとめぼれしたのだ。

彼女が卒業する前に、思い切って告白したのだが、体《てい》よくいなされて、別れ際にチュッと唇にキスされた。そのキスがずっと尾を引いている。

康光は話しかけた。

「もう八年になりますね」

「そうですね。この前お逢いしたのが、奥さまとご一緒にうちに泊まられたときでしたものね。失礼ですが、今回はおひとりなんですね。お仕事ですか？」

志穂が急須からお茶を湯のみに注ぎながら、ちらりと康光を見る。

「いえ、プライベートです。妻とは二年前に別れました……」

「……すみません。いやなことを思い出させてしまいましたね」

「いいんです。もう未練はありませんから。幸か不幸か子供もできなかったんで……」

康光はお茶をずずっと啜った。

それから、志穂が気にしているだろう疑問を解消することにした。

「俺はE商事の課長をしているんですが、四カ月前に会社の車を運転中に大事故に巻き込まれて、瀕死の大怪我をしました。もうほとんど回復して、今はリハビリを兼ねて日本海の温泉をまわっているところです。その一番手がここでした」

「そうでしたの……大変でしたね。でも、ここまで回復されて、ほんとうによかったわ」

志穂が心から心配してくれていることがわかった。

「離婚に事故と、悪いことだらけです」

「……でも、どなたにも不幸はあると思いますよ。じつは、わたしも……」

「何かあったんですか？」

「三年前に、夫を癌で亡くしました。今は、女将とわたしと番頭で、ここを切り盛りしているんです」

「そんなことが……大変でしたね」

「……でも、死んでしまった者はどうやっても帰ってきません。後ろを振り返らないようにやってきました」

志穂がぎゅっと唇を嚙《か》んだ。

彼女の強さが伝わってくる。

同時に、こんな言い方はよくないが、夫がいないのだから、今回の旅行の目的のひとつを実行できるチャンスだと思った。

思い切って、訊く。

「あの……今夜、旅館の仕事が終わってから、お酒でも呑みませんか？」

「……今夜は先約があって。明晩《みようばん》ならつきあえると思います」

「わかりました。では、明日の夜に……」

「あの……」

「はい！」

「いえ、何でもありません。では、失礼いたします」

志穂が腰を浮かしたとき、

「俺、中学生のときのキス、忘れていません。初めてだったんです」

康光がとっさに言うと、志穂は動きを止めた。

「瀕死の重傷で、生死の境をさまよったんです。そのとき頭に浮かんだのは、あなたの顔でした。仕事のことは一切思い浮かばなくて……俺、何のために生きてきたんだろうって……だから、志穂さんに逢いにきたんです」

心の丈《たけ》を打ち明けると、志穂はその言葉の意味を嚙みしめるようにしていたが、何も言わずに去っていった。

(通じなかったか……いや、まだまだこれからだ)

康光はお茶を飲み干すと、窓際に歩いていく。

眼下に荒波が打ち寄せる岩だらけの険しい海岸線が走っていた。それは関東地方などで目にすることの多い、太平洋の遠浅の浜辺とはまったく違う。

(言うべきことは言った。あとは、明日の夜だな)

康光は窓から見える光景をぼんやりと眺めた。


食事処で海の幸をふんだんに使った夕食を摂《と》って、風呂につかった。

海の見える露天風呂もあるたいそう立派な温泉で、これなら、この旅館もやっていけるに違いないと感じた。

今日は遠く東京からやってきたので、疲れがあった。

部屋に敷いてあった布団にごろんと横になると、不老ふ死温泉での出来事が脳裏によみがえってきた。

二人の大学生との出逢い。そして、成実を抱いてほしいと頼まれ、早季子にフエラチオされたこと……。

（まさか、波打ち際の温泉で咥えられるとは……）

あのとき感じた目くるめく悦《よろこ》びが、下半身によみがえって、そこがわずかに反応した。

（ダメだ。今日は一度、口内射精している。明日に備えて、オナニーは我慢しよう。しかし、三十六歳にもなって、こんなまさかの出来事があるとは……。このままいくと、成実の処女をいただくことになるんだろうか……）

ぼんやりと考えている間に、意識が遠ざかり、眠りの底にすーっとすべり落ちていった。

どのくらいの時が流れたのだろうか。人の気配で、目を覚ました。

ハッとして目を開くと、目の前に片山志穂のやさしげな顔があった。

「えっ……？」

「シーッ……」

浴衣《ゆかた》に袢纏《はんてん》をはおった志穂は、唇の前に人差し指をまっすぐに立て、上から慈《いつく》しむような目を向けて、かるく波打つ黒髪をかきあげた。

そして、やさしい笑みを口元に浮かべながら、康光の髪をかきあげて、額《ひたい》に唇を押しつけてきた。

唇が頬をおりていき、康光の唇に重ねられる。

突然のことで何がなんだかわからなかった。

チュッ、チュッとついばむようなキスが次第に濃厚なものになり、ついには舌が口腔《こうこう》にすべり込んでくる。

志穂とは中学生のとき以来の、二度目のキスだった。

あのときは、あっという間に終わってしまった。だが、今は志穂の唇のぷるぷるした柔らかさや、ねっとりとした情感あふれる舌づかいを感じとることができる。

ぬるぬるした感触を受け止めている間にも、康光の股間は一気に充実して、力を漲らせる。

唇が離れ、志穂がキスを終えたとき、康光は気持ちを確かめるために訊いてみた。

「あの……お仕事はもう終わったんですか？」

「ええ、終わりました。気にしなくて大丈夫ですよ。今夜はもう予定がありません……。わたしは最愛の夫を亡くした。本田くんも離婚して、交通事故で自分を見直そうとしている。死を覚悟したとき、わたしの顔を思い出したという話を聞いて、すごく光栄に感じました……わたしも中学生のときにきみにキスしたことを思い出したわ。校舎の裏庭だった……」

「ああ、はい。裏庭でした。セーラー服を着た先輩に……たぶん、からかわれたんでしょうけど」

「そんなことないわよ」

志穂は口元に笑みを浮かべて、ふたたび唇を重ねてきた。

それは校舎の裏庭での一瞬のキスとは違い、情熱的で、ねっとりしていて、巧妙なものだった。

唇がさがっていき、志穂は康光の浴衣をはだける。

浴衣の腰ひもを素早くほどいて、浴衣を引っ張ってもろ肌脱ぎにさせ、あらわになった胸板に、チュッ、チュッ、チュッとキスをする。

それから、自分の袢纏を脱ぎ、雪景色《ゆきげしき》模様の浴衣姿になった。

黒髪が肩へと枝垂《しだ》れ落ちて、凄まじい色気がむんむんとあふれている。

志穂はまた顔を伏せて、康光の乳首に舌を這《は》わせる。

小豆色《あずきいろ》の突起をちろちろと舐めながら、黒髪をかきあげて、上目遣いで様子をうかがう。

それから、目を伏せて、赤い舌をいっぱいに出し、乳首を上下左右に舐めてくる。

「あ、くっ……！」

ぞわぞわした快感に思わず唸ると、志穂は見あげて、にこっとした。

それから、丹念に乳首を舌でなぞり、反対の乳首を指でつまんで、転がす。

「ぁあああ、志穂さん、気持ちいいです」

気持ちを言葉にすると、志穂は反対側の乳首を舌でなぞり、もう一方の乳首をつまんで転がした。

それから、右手をおろしていき、浴衣の上から股間を撫《な》でる。勃起しているイチモツをなぞり、つかんで、ゆっくりとしごきあげる。

「あ、くっ……！」

思わず唸ると、志穂は胸板から顔をあげて、浴衣の前をめくった。

猛《たけ》り立った肉棹をブリーフ越しになぞりあげ、ぎゅっと握る。

康光を見て、ふっと口元をゆるめた。

「すごいのね。こんなに硬くして……」

「志穂さんだからですよ。俺の初キスの人ですから」

「……ありがとう。そう言ってもらえると、すごくうれしい。自分が女であることを思い出すわ」

「あの……、失礼ですが、ご主人が亡くなってから、男性とは？」

「そんなこと考える余裕もなかった。主人がうちの旅館を仕切っていたから、残された者は大変だったのよ」

志穂は移動していき、足の間にしゃがんで、ブリーフに頰ずりした。なかで暴れる勃起をなだめるように、やさしく頰ずりし、それから舐めてきた。

ブリーフ越しに舌でなぞられると、もうたまらなくなった。

それがわかったのだろう。志穂はブリーフに手をかけて、おろしていく。さげた端《はな》から、びっくり箱のように飛び出してきたイチモツを、志穂が見つめて、恥ずかしそうに目を伏せた。

枕明かりの柔らかな光を受けて、康光のペニスは亀頭部がてらついている。

志穂は顔を寄せて、茜色《あかねいろ》にてり輝くスキンヘッドに、かるく口づけをした。

やさしげなキスが徐々に激しさを増して、ついには、チュッ、チュッとついばみ、赤い舌を出して、亀頭部をなぞる。

ねろり、ねろりとなめらかな舌が這うと、ぞくぞくして、分身がますます力を漲らせた。

「すごいわ、また大きくなった」

志穂が無邪気に言って、康光を見た。

「はい、志穂さんだからですよ。あなたの前に出ると、そいつが勝手に暴れるんです」

「ふふ、とっぽいだけかと思ったけど、けっこう言うのね。それで、モテないはずないんだけどな」

志穂はまた髪をかきあげて康光を見あげ、亀頭冠《きとうかん》に舌を這わせて、ぐるっと一周させた。

それから、勃起を腹に押しつけ、裏側を舐めてくる。

なめらかな舌で、つるっ、つるっと裏筋を舐めあげられると、夢を見ているような快感で、会陰部《えいんぶ》が張りつめてきた。

「ぁあああ、くぅうう……！」

思わず呻《うめ》くと、志穂はいっそう強く裏筋に舌を走らせ、やがて、亀頭冠の真裏を舐めてくる。

敏感な箇所をれろれろっと舌で弾《はじ》き、吸いつかれて、

「ぁあああ……！」

康光はあまりの気持ち良さに吼えていた。

すると、志穂が「シーッ」と人差し指を立てた。

それからまた志穂はいきりたつ肉の柱を舐めてくる。側面にハーモニカでも吹くように唇をすべらせ、素早く何度も往復されると、がくん、がくんと腰が勝手に暴れてしまう。

「ふふ、童貞くんみたいに感じるのね」

志穂が髪をかきあげて、康光を見た。

「あのとき、こうされたかった？」

「はい……」

「……じゃあ、これは？」

志穂が睾丸《こうがん》を手でやわやわとあやしてきた。そうしながら、亀頭冠の真裏を舐めてくる。

「ぁああ、そこは反則です」

「反則じゃないわよ。これはごくごく普通なことよ」

志穂が睾丸を柔らかく揉《も》みしだいた。

それから、いきりたちを上から頬張ってきた。

張りつめた亀頭冠をぱっくり咥えられ、カリに唇と舌を引っかけるようにスライドされると、ジーンとした快感がひろがった。

（ぁああ、俺は今、初キスの憧《あこが》れの人にフェラチオされている！）

志穂を最初に選んでよかった。

夫を亡くしていたなんて知らなかった。だが、未亡人だからこそ、志穂は康光を相手にしてくれているのだ。

（ぁあああ、気持ちいい……！）

康光はもたらされる快感に酔いしれ、身を任せる。

ぐちゅ、ぐちゅ、ぐちゅ――。

淫《みだ》らな唾音が聞こえ、目を開けて志穂を見る。

もっとよく見たくて、頭の下に枕を入れた。

志穂はイチモツの根元が見えなくなるほど深々と頬張り、そこで動きを止めて、そのまま吸いあげてくる。

頬が大きく凹《へこ》むほど男根を吸って、ゆっくりと顔を振る。

気持ち良すぎた。おチンチンが蕩《とろ》けていくみたいだ。

同時に、ジーンとした熱さが亀頭冠から全体にひろがってきた。

「おおお、出そうです！」

ぎりぎりまでこらえて訴えると、志穂はちゅるっと吐き出して、浴衣を脱ぎはじめた。

雪景色をあしらった白い浴衣を肩からすべり落とすと、雪のような色白の裸身がまろびでてきた。

（すごい……！）

中肉中背でバランスの取れた肢体《したい》だが、肌はきめ細かく、ミルクを溶かし込んだように色白で、適度に肉がつき、むっちりとしている。

乳房は充分に発達して、お椀を伏せたように丸々とし、乳首も濃いピンクである。

腰も立派に張っていて、下腹部の翳《かげ》りは長方形にととのえられて、漆黒《しっこく》の繊毛《せんもう》がびっしりと集まっていた。

波打つ黒髪が肩に散っていて、日本女性の官能美がむんむんとあふれている。

4

長年憧れていた女性とひとつになるのだから、その前に、志穂を充分に感じさせたかった。

志穂を仰向けに寝かせて、上になった。

見つめると、志穂は恥ずかしそうに胸を手で覆い、太腿《ふともも》をよじり合わせて、股間を隠した。そうしながらも、じっと見あげてくる。

「ここに来て、ほんとうによかった。憧れの先輩とこうして同じ布団にいる」

康光が言うと、

「お礼を言わなければいけないのは、わたしのほうです。きみのお陰で女を取り戻せそう……いいのよ、好きにして。思い切り抱いてちょうだい」

志穂が潤《うる》んだ瞳で見あげてくる。

康光は浴衣を脱いで、裸になった。

部屋は暖房が効《き》いているので、寒くはない。

さらさらのウエーブヘアを撫で、抱き寄せるように唇を合わせる。そうしながら、乳房を揉みしだくと、

「んん、んんんっ……」

志穂はくぐもった声を洩《も》らして、ぎゅっとしがみついてくる。

キスを下へとおろしていき、ほっそりした首すじから胸へと唇を這わせた。

量感のある丸々とした乳房は、子供を産んでいないせいもあってか、微塵《みじん》の型崩れもなく、青い血管が透け出るほどに肌が薄く張りつめている。

乳首は濃いピンクにてかつき、硬貨大の乳輪から二段式に飛び出していた。

柔らかな胸のふくらみを揉みながら、頂《いただき》の突起にかるくキスをすると、

「あっ……！」

志穂はびくんとして声をあげ、それを恥じるように、自分の口を手でふさいだ。

(敏感だな……三十八歳といえば、女の熟《う》れ頃。きっと身体が寂しがっていたんだろうな)

康光はふくらみを揉みあげながら、乳首を舐めた。

いっぱいに出した舌で、突起を上下になぞり、左右に弾くと、乳首はますます硬くしこってきて、

「ぁあああ、ぁあああ、恥ずかしい。初めてなのに、こんなになって……」

志穂が顔をそむけた。

「うれしいです。恥ずかしがらなくていいです。すごい。どんどん硬くなってくる」

初恋の先輩を前にすると、中学生に戻ったような気がする。

無我夢中で乳首を舐め、吸った。

頬張るようにして、チューッと吸いあげると、突起が口腔に入り込んできて、

「はううううぅ……」

志穂が大きくのけぞった。

吐き出して、唾液《だえき》まみれの乳首を舐める。上下左右に舌を打ちつけ、もう一度、吸った。すると、志穂は両手でシーツを持ちあげるほど握りしめて、

「あああああ、ダメ……」

顎《あご》を突きあげる。

康光はとっさに乳首を替え、反対の突起を舐めて、吸う。

そうしながら、もう一方のふくらみを揉みしだく。

それをつづけていると、志穂は、もうどうしていいのかわからないといった様子で、顔を左右に振り、踵《かかと》でシーツを交互に蹴る。

下腹部が何かを求めるように、せりあがっている。

康光は乳首を舐めながら、右手をおろしていく。

柔らかい繊毛の流れ込むあたりに、潤んだ花芯が息づいていて、その谷間を指でなぞると、

「ぁあああ……」

志穂は感に堪えないという大きな声をあげて、その声に自分でも驚いて、右手で口をふさいだ。

「いいんですよ。志穂さんが我を忘れてくれて、うれしいです。いいんです、もっと感じてください」

康光は移動していき、すらりとした足の間にしゃがんだ。

左手で片足を抱え、右手でもう一方の足を開かせて、翳りの底に顔を寄せる。

ふっくらした肉びらが褶曲《しゅうきょく》しながら開いて、サーモンピンクの内部をのぞかせていた。しかも、すでに全体が蜜で濡れて、ぬらぬらと妖《あや》しく光っている。

康光がいっぱいに出した舌で狭間《はざま》をなぞりあげると、ぬるっとした感触があって、

「ぁあああ、くぅぅ……」

志穂はあからさまな声を放って、舌を追うように下腹部をせりあげた。

ぬらつく狭間を数度なぞった。そのまま上方へと舐めあげて、クリトリスに届かせる。下から突起を舌でさすりあげると、

「はぅううう……！」

志穂は顔をのけぞらせて、シーツを握りしめる。

（すごく感じてくれている……！）

笹舟に似た形の花園の上端に、丸い肉芽《にくが》がつんとせりだしていて、指を当てるとつるっと包皮が剝《む》けて、本体が姿を現した。

周囲と比べるとほの白く、きれいな珊瑚色《さんごいろ》に光っている。

その肉の真珠をちろちろと舌であやし、徐々に大きく舐めあげていく。

と、見る間《ま》に、志穂の様子が変わった。

「ぁあぁ、ぁあぁあぁ……」

夢にうなされているような声を洩らして、顔を左右に振った。

ぴたりと張りつかせた舌で、大きく上下になぞる。明らかに陰核が肥大してきて、それをさらに激しく撥《は》ねると、

「ぁあぁあ、あぁあぁあ……いや、いや……それ以上は、いや」

志穂が訴えてくる。

「いいんですよ、乱れてもらって。俺は、憧れの先輩が乱れに乱れるところを見たい。乱れさせたい」

「……淫らな女だと、軽蔑《けいべつ》しないでくださいね」

「もちろん。するわけがないです。乱れてほしいんですよ。俺の下で、乱れ狂ってほしいんですよ」

気持ちを伝えて、康光はまたクンニをする。

陰核を丁寧《ていねい》に舐めて、吸った。

それから、狭間から舐めおろしていき、膣口《ちつぐち》に舌を這わせる。そこは独特の性臭をこもらせていて、割れ目に舌を差し込むと、

「ぁああ、いや……くううぅ」

志穂が顎をせりあげて、ほの白い喉元《のどもと》をさらした。

（よし、これだ……！）

丸めた舌を押し込んで、粘膜をかきまわした。

ねっとりした粘膜が舌にまとわりついてきて、それを押しのけるように舌先で内部をうがつと、志穂の様子がさしせまってきた。

「ぁああ、ああああぁ……欲しい」

最後は小声で言う。

「聞こえません。もう一度、はっきりと……」

「……欲しいの。きみのあれが欲しいの」

「あれって……？」

「意地悪ね……おチンチンよ」

「俺のチンポを入れてほしいんですね」

「……はい」

「乾いてしまったので、もう一度、唾で濡らしてください」

そう言って、康光は立ちあがり、志穂の顔の隣にしゃがんだ。

いきりたつものを口元に押しつけると、志穂が口を開いて、肉柱を頬張ってきた。

ねろり、ねろりと舌をからめてくる。

「ぁああ、あなたの舌づかいは最高だ」

言うと、志穂はますます情熱的に舐めてきた。

5

仰向けに寝ている志穂の膝《ひざ》をすくいあげた。

漆黒の翳りが密生していて、その濃さは、志穂が生来《せいらい》持っている情の深さを伝えてくるようだ。

唾液にまみれたイチモツを濡れ溝に押し当てて、慎重に進めていく。

切っ先が潤みの中心を押し広げていく感触があって、途中まですべり込んでいき、

「はぅううううう……」

志穂が顎を突きあげた。

「くぅううう……」

と、康光も奥歯を食いしばっていた。それほどに内部は熱く滾《たぎ》り、きゅっ、きゅっと分身を締めつけてくる。

(ああ、これが初キスの女のオマ×コか……！)

そこは温かくて、イチモツを柔らかな粘膜がしっかりと包み込んでくる。

動かすのももったいなくて、しばらくじっとしていると、

「焦《じ》らさないで……」

志穂が下から見あげてくる。

康光はゆっくりと慎重に腰を振った。すると、ギンギンになった分身が狭い肉路を行き来して、

「ぁあああ……いいの」

志穂が潤んだ瞳を向けてくる。

もっと一体化したくなって、康光は前に突っ伏していき、志穂を上から抱きしめる。そうしながら、ゆっくりとイチモツを押し込んでいく。

とろとろの粘膜を押しのけるように行き来させると、じわっと快感がひろがり、志穂がぎゅっとしがみついてきた。

「よかった。あなたに逢いにきてよかった」

耳元で囁くと、

「ありがとう、来てくれて。わたしは夫を亡くしてから、心も身体もぎりぎりだった。きみが来てくれて、ほんとうによかった……心から言っているのよ」

志穂が真摯《しんし》な目で見あげてきた。

「志穂さん……！」

名前を呼んで、唇を重ねる。

志穂も受け入れてくれて、進んで唇を合わせてくれる。

柔らかな唇、ねっとりとした舌、甘やかな唾液と息づかい……。

蕩けるような快感に膣のなかでイチモツがますますギンとして、康光はキスをしながら、かるく抜き差しをする。

「んんん、んんんん……」

志穂はくぐもった声を洩らしていたが、とうとうキスできなくなったのか、唇を離して、

「あん、あんん。あんんんっ……！」

ストロークに合わせて、喘《あえ》ぎを弾ませる。

憧れの先輩が、今、自分のピストンでこんなに悩ましく喘いでいる。

実感が湧《わ》いてこなかった。しかし、これは紛《まぎ》れもない現実なのだ。

もっと強く打ち込みたくなって、両腕を立てた。腕立て伏せの格好で腰を打ちおろす。

力強さを増した一撃が、熱い祠《ほこら》に突き刺さっていき、

「ぁああん、あん、あんん……」

志穂はすらりとした足を大きくM字に開いて、肉柱を奥に招き入れ、康光の前腕部につかまって、あえかな声をこぼす。

のけぞった顔の表情が色っぽい。すっきりした眉を八の字に折って、目をぎゅっと閉じている。

（ああ、俺は今、中学生のときにキスだけであしらわれた先輩と、セックスをしている！）

体の底から、熱いものが噴きあがっている。

それを受けて、イチモツはこれ以上は無理というところまで勃起した。

ふと見ると、志穂は両手を頭上にあげて、右手で左の手首をつかんでいた。

普通はこんなことはしない。

（そうか……きっと、志穂さんは亡くなったご主人とセックスするときに、こういう格好をしていたんだな）

複雑な気持ちだった。だが、これはこれでいい。

あらわになっている腋《わき》の下が、康光をかきたてた。

きれいに剃《そ》られた腋窩《えきか》を舐めた。

二の腕へと舐めあげながら、イチモツを打ち込んでいく。動きが一緒だから、同時にできる。

甘酸っぱく香る腋を味わい、イチモツを深く突き刺しながら、二の腕へと舌でなぞりあげる。

すると、これが感じるのか、

「やぁあああああ……」

志穂は華やかな声をあげて、大きく顔をのけぞらせる。

つづけると、肢体が細かく震えはじめた。

「ああああ、ああああああ……いいの。いいのよ」

心の底から喘ぐ志穂の肌が粟立《あわだ》っている。

康光はもう片方の腋の下も同じように舐めながら、イチモツを打ち込みつづける。

「ぁあああ、気持ちいい。思い切り、突いて！」

志穂がぼうっとした目を向けて、訴えてきた。

康光は上体を起こして、両膝の裏をつかんだ。

開きながら押さえつけると、膝が腹につき、M字開脚に似たあられもない格好になり、結合部分がはっきりと見えた。

ゆっくりと一突きすると、

「ぁああ、深い……突き刺さってるわ。おなかに食い込んでる」

志穂が眉根を寄せる。

この体位では、女性の尻が少し持ちあがり、勃起との角度が合って、ごく自然に挿入《そうにゅう》が深くなる。ここしばらくセックスをしていなくても、こういうことは覚えていた。

膝の裏をつかみ、体重を乗せたストロークを打ち込むと、イチモツが奥まで届いて、扁桃腺《へんとうせん》のようにふくらんだ粘膜に切っ先が擦《こす》りつけられ、ぐっと快感が高まる。

「ぁああ、すごい。からみついてくる」

言いながらつづけて押し込むと、志穂の気配も変わった。

「あん、あんん。あんんんっ……」

抑えきれない喘ぎをこぼして、両手で枕をつかむ。

つるっとした腋窩があらわになり、乳房が波打っている。その無防備な姿はたまらなくエロかった。

男と女の息が合って、二人が快楽の上昇カーブに乗ったのがわかった。

「おおお、気持ちいい。志穂さん、出そうだ」

思わず訴えていた。

「ぁあああ、ちょうだい。本田くん、いいのよ、出して。大丈夫な日だから」

志穂が言う。

「ぁああ、すごい。吸いついてくる、志穂さんのオマ×コが、吸いついてくる……おおおおおおっ！」

丹田に力を込めて、ぐいぐいと押し込んでいく。

ひと擦《こす》りするたびに、甘美な陶酔感《とうすいかん》がひろがり、出そうになるのを必死にこらえた。

奥歯を食いしばってえぐり込むと、

「あん、あんん、あんんんっ……ぁああ、わたし、イキそう。イっていい？」

志穂が訊いてきた。

「イってください。俺も、俺も……」

膝裏をぐいとつかんで、体重を乗せたストロークを叩き込んだ。

「あん、あんっ、あんんっ……！」

長い髪を扇のように枕に散らして、志穂が両手でシーツを鷲《わし》づかみにした。

たわわな乳房がぶるん、ぶるるんと縦に揺れて、志穂は今にも泣きださんばかりに眉根を寄せている。

「うおおお、出る！」

「あん、あんんん、あんんん……イク、イク、イッちゃう！」

「イケぇ……！」

吼えながら叩き込んだ。

「イクぅぅぅ……！」

志穂は嬌声《きょうせい》をあげて、のけぞり返る。

（よし、今だ……！）

止《とど》めの一撃を浴びせたとき、康光も放っていた。

「ぉおおおお……！」

熱い男液が狭いところをこじあけるように放たれて、歓喜の波が脳天まで走り抜ける。

志穂は、男液を受け止めながら、がくん、がくんと躍りあがっていた。

6

翌日は、温泉につかって、のんびりと過ごした。

片山志穂とは、また今夜、若女将の仕事を終えたら部屋で、という約束をしていた。

朝食時に一度、顔を合わせたが、志穂は康光にだけわかる目配せをして、薄く微笑んだ。

その、はにかんだような笑みを見ただけで、康光の股間はざわめいた。

昼頃に芦川早季子にＬＩＮＥをして、明日乗る五能線の時刻を決めた。その後、二人が泊まる予定の瀬波の旅館に問い合わせたところ、空いているというので、康光も一泊する予約を入れた。

夜に訪れる女を待ちながら、ゆっくりと温泉につかり、のんびりする。これまでの人生の疲れのようなものが、取れていく気がした。

夕食を摂り、部屋で時間をつぶした。

午後十時になって、ようやく志穂からスマホに連絡があった。

ちょうど貸切風呂が空いているので、二人で入りたいと言う。

康光は嬉々《きき》として、承諾した。

指定された貸切風呂の札を使用中に替え、脱衣所で裸になって、風呂に向かう。まだ志穂は来ていないようだ。

大理石でできた長方形の湯船のあるひろい家族風呂で、外の景色が見られるように窓がついていた。

（まさに家族風呂……ここに若女将と入れるのか）

期待に胸をふくらませ、ささっとかけ湯をして、湯船に飛び込んだ。

湯には塩分が混ざっているようだが、濁ってはいなかった。無色透明で、自分の体が透けて見える。

湯船につかって、待ちわびていると、脱衣所に人が入ってくる気配がした。

出入口を開けて、浴衣姿の志穂が顔をのぞかせ、

「すぐに入りますね」

声をかけてくる。

「大丈夫ですよ、ゆっくりで」

そう返事をする。

ちらりと見えた志穂の艶《あで》やかな表顔が、康光の期待感をあおる。

すると、イチモツが反応して、力を漲らせた。

すぐに、志穂が入ってきた。

白い手拭いを胸から垂らして、カランの前にしゃがんで、桶《おけ》にお湯を汲《く》み、かけ湯をする。

二度、肩からかけた志穂は、最後に股間を素早く洗った。

こちら側の膝を立てているので、局部は見えない。だが、かけ湯をする所作《しょさ》が艶《なま》めかしい。

志穂は手拭いで股間を隠して、大理石の湯船に入ってきた。

康光の隣に身体を沈めて、手拭いを縁に置く。

すぐ横で、若女将の白い裸身がお湯から透けて見える。

ほの白い乳房と、その先の色づいた乳首……。

「今日一日が長かったわ。早く、二人になりたかった」

甘えるように、志穂が肩に顔を乗せてくる。

「俺もですよ。早くあなたを抱きたかった」

「ふふ、こんなにして……」

志穂の右手がお湯に潜り、それをとらえた。お湯のなかでいきりたっている肉柱を握ってなぞり、かちかちになっているのを確かめると、ゆっくりとしごく。

「ぁああ……」

自然に声が出た。

「そこに座って」

志穂が湯船の縁を指差した。

康光が縁に腰をおろすと、その前に志穂は移動してきて、お湯のなかにしゃがんだ。

顔を寄せて、いきりたつものを握り、位置を調節して、亀頭部に慈しむようなキスをする。

黒髪は後ろで団子に結われ、やわやわした後《おく》れ毛《げ》が生えたうなじが、ひどくエロチックに見える。

志穂は亀頭冠にちろちろと舌を這わせると、上から頬張ってきた。

ふっくらとした唇をひろげて、途中まで咥え、そこで動きを止めた。だが、なかで舌は動きつづけ、裏側にからんでくる。

そこに、上下動が加わった。ゆっくりとした動きが徐々に速くなると、敏感な亀頭冠を柔らかな唇でしごかれる形になり、ジーンとした痺《しび》れがうねりあがってくる。

「ぁああ、ダメだ。気持ち良すぎる」

思わず言うと、志穂はじっと康光を見ながら、右手で素早く握りしごいた。

どう、気持ちいい……とでも訊くように、アーモンド形の目で瞳のなかを覗《のぞ》き込んでくる。

「気持ちいいよ」

康光が言うと、志穂はふっと口元をゆるめ、手と口で追い込んできた。

「んっ、んっ、んっ……」

と、力強く握りしごかれ、顔を打ち振られると、えも言われぬ快感がふくらんできた。

「ぁああ、それ以上されると……」

康光は動きを止めさせる。

「寒いでしょ、湯船につかって」

志穂が気を使ってくれた。

康光が縁を背に湯船に入ると、志穂が向かい合う形で、康光の下腹部をまたいだ。

お湯に沈み込みながら、手を潜らせて、いきりたちをつかみ、それを導きながら、ゆっくりと沈み込んでくる。

お湯のなかで、イチモツがぐちゅっと柔肉《やわにく》を割り、ぬらつきを切り開いていく確かな感触があって、

「はううう……」

志穂が顔を撥ねあげながら、ぎゅっとしがみついてきた。

抱き寄せながらキスを求めてくるので、康光も応じて唇を重ねる。

唇を合わせて、唾液の交換をしている間にも、志穂は腰を振る。

貪《むさぼ》るように舌をからめながら、腰をうねらせて、濡れ溝を擦りつけてくる。

（うおおお、すごい！）

志穂は女盛りの未亡人。満たされていなかったものが今、堰《せき》を切ったようにあふれでているのだ。

志穂はキスをやめて、肩に手を置き、少し距離を取って、腰をつかう。

前後に動いて、濡れ溝をぐいぐい擦りつけ、

「ぁあああ、あああああ……いいの。いいのよ……恥ずかしいわ。止まらない。腰が勝手に動くの」

志穂は今にも泣きださんばかりに顔をゆがめる。その顔も肩も、白い湯けむりに煙《けむ》っている。

（よし、ここで胸を……！）

康光は目の前の白い乳房をつかみ、揉みしだいた。

お湯でコーティングされた柔らかなふくらみに指を食い込ませると、

「ぁあああん……！」

志穂が眉根を寄せる。

せりだしている乳首は温められて赤く色づき、それを指で捏《こ》ねると、

「ぁあああ、それ……気持ちいい。気持ちいい……いやあああ、腰が勝手に動くの」

志穂がのけぞるように、腰を前後に打ち振る。

内部の熱い粘膜で勃起をしごたま擦られて、康光も自分から動きたくなった。

「後ろからしたい。後ろ向きになってください」

志穂はいったん結合を外して、立ちあがり、大理石の湯船の縁につかまって、後ろに腰を突きだしてきた。

ほどよくくびれたウエストから発達した尻が急速にひろがっていて、つるっと

した尻からはお湯がしたたっている。

そして、万遍《まんべん》なく肉をたたえた尻たぶの底には、女の花園が赤い粘膜をのぞかせて、物欲しそうにぬめ光っている。

雄々《おお》しくそそりたつイチモツを押し込んでいくと、ぬるりと嵌《は》まり込んでいって、

「はうぅうう……！」

志穂が顔を撥ねあげた。

「あ、くっ……」

と、康光も奥歯をきりきりと噛みしめる。

初キスの女のオマ×コはとろとろに蕩けていて、全体が波打つように屹立《きつりつ》にまとわりついてくる。

その隙間なくからみついてくる粘膜のうごめきがたまらなかった。

腰を引き寄せてつづけざまに叩きつけると、パン、パン、パンと破裂音が撥ねて、

「あんっ、あんっ、あんっ……」

志穂は声を押し殺しながらも喘ぎ、がくん、がくんと顔を上下させる。

激しく打ち込むたびに、お湯が揺れて、その波立ちがいかに自分が激しく動いているかをわからせてくれる。

(俺は今、過去に置いてきた忘れ物をひとつ取り戻した！)

熱いものが、さらに込みあげてきた。志穂に右腕を後ろに突きださせ、その前腕部をつかんだ。引き寄せながら打ち込むと、それがいいのか、

「あんっ、あんっ、あんっ……すごいよ、本田くん。すごく強い」

志穂が振り返って言う。

「あなたに逢いに来て、よかった。つくづくそう思います」

「わたしも同じ。きみに逢えて、よかった。明日にはチェックアウトだけど、また来てね。待ってるわ」

「はい、また来ます」

「今夜は寝かせないわ」

「それは、俺の台詞《せりふ》ですよ……」

「待って。こうすると、外が見えるのよ」

志穂が身を乗り出して、低いところについている窓を開けた。

すると、眼下にひろがる夜の闇に沈んだ日本海と、星ひとつない濃い灰色の空

が交わる水平線がぼんやりと見えた。

「大自然って、すごいでしょ?」

「はい、怖いくらいだ。自分がいっそう小さく思えます」

「そうよ。海の前では、人間なんて取るに足らない存在よ……でもね、意味なんかなくても、気持ちいいものは気持ちいいのよ」

「そう思います。死を間近で感じて、それがわかりました。いきますよ」

冷気を感じながら、思い切り叩きつけた。

後ろからの立ちマンで、片腕を引き寄せ、窓から水平線を眺めながら、ぐいぐいえぐり込んでいく。志穂の様子がさしせまってきて、

「あん、あんん、あんんん……ぁああ、恥ずかしい。イキそう。わたし、もうイッちゃう」

「いいんですよ。イッてください」

康光も追い込まれていた。こらえながら、深く強いストロークを叩き込んでいく。

すべすべの背中をしならせて、志穂が康光の右腕をぎゅっと握りしめる。

「あんっ、あんっ、あんっ……イキそう、イクよ」

裸身をひねって、康光を見た。その目が妖しいほどに潤んでいる。

「はい、イってください」

つづけざまに後ろから叩き込むと、

「あん、あんん、あんんん……ああ、来る、来る、来る……いやぁあああああああああ……」

志穂はここがどこであるのか忘れてしまったような嬌声をあげて、がくん、がくんと躍りあがった。

膣の痙攣《けいれん》を感じたとき、康光もこらえきれなくなって、男液をしぶかせる。

そして、志穂はエネルギーの塊《かたまり》を受け止めながら、

「あっ……あっ……」

小さく喘いで、細かく震えていた。

第二章　二十二歳のロストバージン

1

翌日の午前九時少し前、五能線の艫作《へなし》駅――。

旅館を早めにチェックアウトした本田康光が待っていると、芦川早季子と川上成実が歩いてやってきた。

康光の顔を見て、早李子が「おはようございます！」と笑顔で手を振る。

後ろの成実はうつむいて恥《は》ずかしそうにしている。早季子から、バージンを捧げる相手として康光が最適であり、すでにその了解も得ている旨《むね》を告げられたのだろう。

小さな無人駅で切符を買って、三人だけしかいないホームで待っていると、クリーム色にブルーのラインが入った二両編成の車両が入ってきた。

三人は後ろの車両に乗り込んで、四人用のボックス席に座る。

予想していたとおり、乗客はぽつんぽつんとしかいない。

だが、この五能線は全国の鉄道ファンが、一度は乗ってみたいと熱望してやまない人気のローカル線だ。

青森県の川部《かわべ》駅と秋田《あきた》県の東能代《ひがしのしろ》駅を結ぶ路線で、日本海の絶景を延々と眺めることができる。

快速も走っているが、あえて普通列車を選んだのは、ゆっくりと冬の日本海を愉《たの》しみたいからだ。

車内はいかにも古く、油のかすかな匂いがした。

「ありがとうございます、つきあっていただいて」

斜め向かいの席の早季子が声をかけてくる。

日本海がよく見えるように女性には窓際の席をゆずった。

「そんな。礼を言わなくちゃいけないのは、こっちだよ。ひとり旅より、道連れがいたほうがいいに決まってる」

「同じホテルまで取っていただいて……」

「ああ、それはね……どうせホテルは決まっていなかったから、ちょうどよかったんだ」

ちらりと隣の成実を見ると、その意味するところがわかったのか、顔を伏せた。耳元が一気に赤く染まる。

成美は、ほんとうに純真な心根の人なんだと思った。

白いタートルネックのニットに、ミニスカートを穿《は》いている。白いニットはたわわすぎる胸のふくらみで盛りあがって、むっちりとした健康的な太腿《ふともも》が途中まで見える。

早季子に言われて、精一杯セクシーな格好をしてきたのだろう。

ボブヘアでぱっちりした目が印象的で、顔もかわいいし、このむちむちボディに、そそられない男はいないだろう。

対して、早季子は無地のスウェットシャツにスキニーパンツというスポーティな服装に徹している。

成実を引き立たせるためだろうが、ぴちぴちのパンツが発達したヒップを強調していて、股間への食い込みも、けっこう気になってしまう。

早季子がスマホの乗り換え案内のアプリを見て、言った。

「東能代駅で、十一時前に奥羽《おおう》本線の特急に乗り換えて、秋田駅まで行って、また乗り換えて酒田《さかた》駅。酒田駅で乗り換えて、村上駅で降り、そこからバスで瀬波温泉というルートですね。このアプリだと、到着はだいたい十六時半になっています」

「そうだね。俺も昨日確かめた。最近はこのアプリができたから、時刻表は要《い》らなくなった」

「そうですね。旅好きにこれは欠かせません。それと、この地図があれば鬼に金棒です」

早季子がスマホで地図のアプリを開いた。

すると、自分たちが今、どのへんにいるかを示すポイントが表示された。

「まだここか……先は長いね」

「長いですね。乗り換えが面倒」

「ただ、ほとんど海岸線を走るから、日本海の眺望をずっと愉しめる。ある意味、すごく贅沢《ぜいたく》な旅だ」

康光は窓から外の景色を眺めた。

昨日と比べて、ずっと天気がよく、空も海も青く光っていた。

降り注ぐ太陽の光を海が鏡のように反射させて、眩《まぶ》しい。

奇岩と呼んでもいい黒ずんだ岩が点在して、そこに日本海の荒波が押し寄せてんだ。

は砕け散っている。

二人が会話をはじめたので、康光の意識は昨夜の出来事に飛んだ。

貸切風呂で一戦交えてから、康光の部屋でもう一度、片山志穂を抱いた。

二人は恋人でも愛人でもない。それゆえに、その夜限りの情事をとことん愉しんだ。

こういうセックスもあるのだと思った。

そして、自分は過去の忘れ物をひとつ、取り戻した。

生死の境をさまよってから、からっぽに感じていた自分の心に、ひとつ灯火《ともしび》がともったような気がしている。

そして今、二人の大学生に若さや元気のようなものを貰っている。

これから、ほんとうに成実の処女をいただくことになるのだろうか——。

そのへんはまだどうなるかはっきりしない。だから、現実感はあまりない。

二人は愉しそうに大学生活での思い出を語っている。

(俺の大学時代はどうだっただろうか?)

取り立てて語ることのない、平凡を絵に描いたような時代を思い出しているうちに、眠気に襲われて、うとうとしはじめた。

2

午後五時前、三人は部屋のひろいベランダにある楕円形《だえんけい》の湯船につかって、夕日が水平線に沈んでいく様子を眺めていた。

じつは昨日、このホテルに予約の連絡を入れたとき、キャンセルがあって露天風呂付きの部屋が空いているがどうか、と言われた。

あまり高くては無理だが試しに訊いてみると、キャンセルされた部屋ということで思いの外、手頃な値段だった。それならとすぐに飛びついたのだ。

もちろん、早季子と成実の部屋は別だ。

そのことを話すと、二人は大いに喜び、絶対に部屋付き露天風呂に入ると言って聞かなかった。

ホテルにチェックインした際に、そろそろサンセットの時刻だと教えられて、二人は荷物を部屋において、急いで康光の部屋にやってきた。

日が落ちるところを、温泉につかって見たいのだと言う。

そして、今、三人は同じ浴槽につかって、真っ赤に燃えた夕日が水平線に沈んでいく様子を眺めていた。

早季子も成実も胸にはバスタオルを巻いている。

だから、完全な裸というわけではない。しかし、ほの白い首すじや丸々とした肩、胸のふくらみと谷間の半ばは、見えてしまっている。

「すごい……ものすごくよく見える。こんなの初めて！」

成実がはしゃいだ。

「ほんと。真っ赤な夕日が落ちていく。周りが朱色《しゅいろ》に染まっているわ。そうか、雲があると、そこに朱色が反射して、よけいにきれいなのね」

早季子も感心したように言う。

「以前、瀬波に来たことはあるけど、こんな見事な夕日は初めてだ。ラッキーだった」

康光も率直な感想を言う。ここは七階だから、とくにサンセットの光景が美しい。

だが、ほんとうのラッキーは、夕日ではなくて、若い二人と部屋付き露天風呂につかってサンセットを愉しんでいることだ。

透明なお湯なので、横に流した二人の白い足や、自分の股間を覆《おお》った白いタオルも透《す》けて見える。

「ほら、夕日の下が水平線にくっついた」

「ほんとうだわ。これからはあっという間よ。瞬《まばた》きする間に沈んでしまうから」

二人の会話を聞きながら、康光も見事な光景に見とれた。

空に横たわる雲と遠い海の両方に茜色《あかねいろ》がてり輝き、加えて、雲のほうには様々な色も混ざっている。

「こういうのを西方浄土《さいほうじようど》と言うんだろうな。昔の人が極楽は太陽の沈む西にあると信じていたのがわかるような気がする」

康光は仏教を信仰しているわけではないが、この荘厳《そうごん》な日没を見ていると、昔の人がそのように考えたのはよくわかる。

「ほんとうね」

早季子が相槌《あいづち》を打って、しばらく三人は赤い火の玉が水平線の向こうに落ちていくのを観賞した。

見とれながらも、康光は心のうちでは二人の身体に触れたかった。相手がひとりならそれもできる。だが、二人となると逆に意識して、何もできなくなる。

サンセットはいったん沈みかけると早かった。

見る見る赤い球が水平線に消えていき、ついには上端さえも海の彼方に姿を隠し、薔薇色《ばらいろ》の残照が周囲を染めていた。

「沈んでしまったわね」

「ええ……」

「……そうだ。わたし、彼氏に電話しなくちゃいけないから、出るわ。成実はこのままここにいなさいよ。夕食までまだ時間があるし、ゆっくりしていいよ。夕食はバイキングみたいだから……そうね。七時からにしようか。七時に会場に集合ね。それまでわたしはゆっくりしてるから、おかまいなく……本田さん、成実を頼むわね」

そう言って、早季子は湯船から出ていく。

置いてあったバスタオルで身体を拭《ぬぐ》い、部屋に入り、浴衣《ゆかた》に着替えているのが見える。それから、早季子の姿が部屋から消えた。

「あの……」

成実が何か言いかけてやめた。

「何……？」

「ほんとうにわたしなんかでいいんでしょうか？」

成実が不安げに言った。

「もちろん……きみはすごく魅力的だよ。どうしてそんなに自分を卑下《ひげ》するのかな」

「……高校生のときに初めて好きになった人に告白したんです。そうしたら、お前なんか好きになるわけがないって、フラれて……それから自分に自信が持てないんです」

「ひどい男だな。それは相手が悪い。きみは運が悪かったんだ。それだけだよ。実際のきみはすごく魅力的で、かわいいし、オッパイは大きいし……むしろ、モテないほうが不思議なくらいだ」

「そうでしょうか？」

「そうだよ。だから、自分に自信を持ちなさいよ」

康光は成実のほうを向いて、額《ひたい》にチュッとキスをする。

それから、顔を少し傾けて唇にキスをする。

とても柔らかな小さな唇に唇を重ねてついばむと、成実は一瞬恥ずかしそうに唇を嚙《か》んだ。それから、覚悟を決めたのか、自分から唇を合わせてきた。

康光が正面から女体を抱きしめながら、さらに唇を強く重ねていくと、成実もおずおずと両手を康光の背中にまわして、必死に唇を合わせてくる。

キスを終えて、胸に巻きついているバスタオルを外すと、まろびでた乳房を成実が手で覆った。

「大丈夫。きみの胸は素晴らしいし、恥じる点はひとつもない。頼む、見たいんだ」

目を見つめて頼むと、その気持ちが通じたのか、成実が胸から手を外した。

想像どおりにたわわで、グレープフルーツを二つくっつけたようだ。ほの白い乳肌が、わずかな夕日の残照を浴びて、妖《あや》しいほどにぬめ光っている。

「海のほうを向いてごらん」

「こう……？」

「そうだ」

楕円形の露天風呂に成実が海のほうを向いて、お湯につかっている。

康光は背後から、そっと両手をまわし込んで、乳房をとらえた。

柔らかくて大きなふくらみをつかむと、ふにゃっとした肉層に指が沈み込みながら、乳肌が吸いついてきた。

「あっ……！」

成実が小さく喘《あえ》いで、康光の手に手を重ねて、いやいやをするように首を振る。

「恥ずかしがらなくてもいいよ。怖がらなくていい。俺は三十六歳で、きみよりはるかに人生経験を積んでいる。俺はついこの間、事故で死にかけた。そこから復活してきたんだ。死にかけたときに思ったんだ。仕事なんて大したことじゃない。大事なのは、人生でやり残したことをそのままにしていては、いけないんだ。だから俺は、この旅でもそれを実行しようとしている。きみだってそうだ。つまらない男のために人生を棒に振ってはいけない。セックスって、素晴らしいんだぞ」

後ろから話しかけながら、乳房をやさしく揉《も》みしだくと、

「んっ……んっ……」

成実はくぐもった声を洩《も》らして、背中を丸めた。

肩にお湯をかけながら、たわわなふくらみを揉みつづけていると、頂上の突起が明らかに硬く、しこってきた。

(やはり、バージンでも感じたら、乳首が尖《とが》ってくるんだな)

手さぐりで突起をさがして、指でつまんだ。

くりっ、くりっと転がすと、それはますます硬くなり、さらに捏《こ》ねているうち

に、成実はうつむいて、

「あっ……あっ……」

か細い声を洩らして、身をよじる。

「感じるんだね？」

「……はい」

「いいんだよ。それで……きみはもう女になる準備ができているんだ。あとはもうするだけだ。わかるね？」

「はい……でも、怖くて」

「平気だよ。俺に任せて」

後ろから首すじにチュッ、チュッとキスをする。ボブカットで襟足《えりあし》がきれいに出ている。そこを舐《な》めると、

「あっ……んっ……あっ……くすぐったい」

成実が首をすくめる。

かまわず襟足に舌を這《は》わせる。そうしながら、乳房を揉みしだき、頂上の突起をつまんで転がした。くりっ、くりっと捏ねるうちに、

「ぁあああ……んんんっ……ぁあああ、ダメっ」

成実が心から感じている声をあげて、顔をのけぞらせた。

「気持ち良くなってきただろ？」

「はい……ぞくぞくします」

「いいんだぞ。身を任せて」

「はい……ぁあああ、あああああ、夢みたい」

「夢じゃない。君が今体験しているのは現実だ……ほら、見てごらん。まだ残照がつづいている。雲と海が薔薇色に染まっている」

「すごく幻想的で、それこそ現実だとは思えない」

「確かに。あれは非現実っぽいな。だけど、きみの乳首がカチカチなのは現実だから」

後ろから乳首を捏ねて、尖っている突起のトップを人差し指でかるくノックするように叩くと、成実の様子ががらっと変わった。

「んんんっ……んんんっ……ああ、それ気持ちいい……本田さん、それ気持ちいい……」

成実は顔をのけぞらせ、ぶるぶる震えながら、がくん、がくんする。

同じ愛撫《あいぶ》をつづけながら、康光は今の感触と光景を記憶に焼きつける。

成実の頭越しに、眼下にひろがった日本海の残照が見える。沈みきってもうだいぶ経過するのに、いまだ赤のグラデーションが、低く垂れ込めた雲を下から照らし、水平線と海を橙色《だいだいいろ》に染めている。

はるか手前の砂浜には、昨日までの雪が降り積もり、白く残っている。押し寄せる波が洗う海岸線は、砂浜がそのまま出ている。

後ろから女体を抱きかかえるように乳首を愛撫していると、くぐもった甘い鼻声とともに、腰が揺れはじめた。

「んんっ……んんんんっ……ぁあああ、あああううう」

抑えきれない声を洩らしながら、成実はくなり、くなりと腰を揺する。

ぷりっとした尻に股間のものを擦《こす》られて、分身がますますギンとなった。そうなると、触ってほしくなる。

成実の右手をつかんで、後ろにまわさせる。

尻と腹に挟まれている勃起《ぼっき》を握らせると、一瞬びっくりしたように、手が引いていった。もう一度うながすと、おずおずと握ってくる。

今度は逃げずにそのまま握りしめてきた。

「どう、男のものを握るのは、初めてでしょ？」

「硬いわ。でも、表面は柔らかくて、血が通っているのがわかる。オッきいわ。太くて、長い……こんなオッきいのが入るかしら？」

「大丈夫だよ、俺のはMサイズだから……もっと触ってみる？」

成実がうなずいた。

成実をこちらに向かせて、ざばっと立った。

すると、臍《へそ》に向かってそそりたつ勇姿《ゆうし》を目《ま》の当たりにして、成実の目が真ん丸になった。

「びっくりした？」

「ええ……だって、すごい勢いで……血管だってこんなに浮き出て……根っこみたい」

「実際にしごいたりしたら、かわいくなってくるんじゃないかな」

「……やってみるね」

ふっくらとしたかわいい手がおそるおそる肉柱をしごきはじめた。

成実はバスタオルを外して全裸で湯船にしゃがみ、康光の隆々《りゅうりゅう》とした勃起をゆるゆると擦る。

手指がぶるぶると震え、息が荒くなっている。

巨乳と呼んで差《さ》し支《つか》えのないオッパイが、ベランダの照明にほの白く浮かびあがり、かわいらしい手指がイチモツにおずおずとからみついている。

そして、目をあげれば、薄らぎつつある残照が見える。

「あの……」

「何……？」

「な、舐めていいですか？　初めてなので上手くいかないとは思いますが……」

「もちろん。うれしいよ。最初から上手だったら、かえって怖いよ。いいんだ、好きにして……やりたいようにやれば、あとはこちらで教えるから」

「はい……」

うなずいて、成実はおずおずと顔を寄せてきた。

肉柱を握りしめ、唇を窄《すぼ》めて、てかつく亀頭部《きとうぶ》に触れてくる。

はむはむという感じで先っぽに接吻して、
これでいいですか……という目で見あげてきた。

「ああ、上手だよ。それでいいんだ。もっと大胆にやってもかまわないよ」

成実はうなずいて、亀頭部に舌を這わせる。細くて長い舌をいっぱいに出して、茜色にてかるスキンヘッドをおずおずと舐める。

「気持ちいいよ。ぁあああ、たまらない。いいよ、上手いぞ。くうぅ、たまらない」

康光はうっとりと目を細めた。初体験で技巧はまるで感じられないが、そのぎこちないやり方がかえって昂奮を生む。

それから、成実は頰張《ほおば》ってきた。

おずおずと唇をかぶせて、途中まですべらせる。握っている指に邪魔されて、そこから唇を引きあげる。

それを繰り返されると、ジーンとした痺《しび》れが、熱いと感じるほどの快感に変わった。

「ああ、気持ちいい」

思わず唸ると、成実はちらりと見あげてはにかみ、目を伏せて、また唇をすべらせる。

今度は指を離して、慎重に唇を根元まですべらせた。

陰毛に唇が接するまで頰張って、

「うぐっ……！」

湯船を後ろに飛びずさって、ぐふっ、ぐふっと噎《む》せる。

「大丈夫？　無理をしなくていいんだよ」

「ゴメンなさい。大丈夫です」

そう言うものの、成実のつぶらな瞳は涙ぐんでいる。えずいたときに涙が滲《にじ》んだのだろう。成実が可哀相になった。同時に、ここまでしてくれる成実を愛《いと》おしく感じる。

成実がまた頬張ってきた。

指を使わずに、口だけで咥《くわ》えて、慎重に奥まで唇をすべらせる。今度は噎せずにしっかりと根元まで頬張っている。

苦しいだろうに、えずくのを必死にこらえている。

（すごいな……根性がある）

成実が静かに唇を引きあげ、亀頭部まですべらせた。そこから、また奥へと唇を移動させる。それを繰り返されると、甘い陶酔感《とうすいかん》がさしせまったものに変わった。

「ありがとう。部屋に入ろうか」

言うと、成実がこくんとうなずいた。

3

康光はベッドに仰向《あおむ》けに寝た成実に上から覆いかぶさり、たわわな乳房を揉みながら、先端にキスをした。

透き通るようなピンクの乳首はすでに硬くしこっていて、それを舌でねろねろと転がすと、

「ぁあああ……ああんん……」

成実は甘い鼻声を洩らして、顔をせりあげる。

ふくらみはほんとうに大きくて、これまで康光が触れたオッパイのなかでは最大かもしれない。しかも、むっちりと柔らかく、揉んでも揉んでも底が感じられない。

康光は片方の乳房の頂《いただき》をしゃぶりながら、もう一方のふくらみを揉みしだいている。

最初は戸惑っていた成実も、じっくりと攻められると、性感が高まってきたようだ。かわいらしい喘ぎを洩らして、どうしていいのかわからないといった様子で手をさまよわせる。

たわわな乳房を愛撫しながら、腋《わき》の下や太腿にかるくタッチすると、そのたびに、びくっ、びくっと肌が痙攣《けいれん》する。

唾液《だえき》でぬめ光る清新な乳首がエロかった。グレープフルーツみたいな巨乳は徐々に汗ばみ、赤みを増してきた。

康光は顔をおろしていき、なだらかな腹部のラインをなぞりながら、下腹部の翳《かげ》りへとキスを浴びせる。

恥毛は、若草のように柔らかかったが、薄くて肌が見えるほどのまばらな生え方だった。

そこを舐めながら、成実の足の間にしゃがんで、クンニの体勢を取る。

「ぁああ……いやっ！」

成実が太腿をよじり合わせる。

「大丈夫。きれいな女性器だよ。女になるんだろ？　ここは濡らしておいたほうが楽だからね」

そう言って、花びらを舐めた。

こぶりだが、ふっくらした肉びらの狭間《はざま》に舌を走らせると、赤い粘膜が舌にからみついてきて、

「はうん……！」

成実が腰をあげて、そこを擦りつけてくる。

欲しがっているのだ。処女といってもすでに二十二歳。肉体は大人の女へと成熟を遂げているのだろう。

つづけざまに狭間を上下に舐めた。そのたびに、成実の腰が面白いように撥《は》ねる。

舌を接したまま、上方の肉芽《にくが》へと這わせていく。

舌が包皮をかぶったクリトリスに触れると、それだけで、

「いやぁあああ……！」

成実はグーンと背中を弓なりに反《そ》らした。

とっさに包皮を指で剝《む》き、本体を舐めた。

珊瑚色《さんごいろ》の本体は標準より大きくて、ふっくらと実っている。

(そうか……男に抱かれることのなかった寂しさを、クリトリスへのオナニーで解消してきたんだな)

だとしたら、ここが最大の性感帯ということになる。

康光は這いつくばるようにして、肉の真珠を舌で刺激する。上下に舐めて、左

右に弾《はじ》く。

頬張って、吸う。すると、肉の突起が伸びて、口腔《こうこう》に吸い込まれ、それがいいのか、

「ぁあああああ……！」

成実は両手でシーツをつかんで、大きく顎《あご》をのけぞらせる。

康光はクリトリスを断続的に吸いながら、太腿を撫《な》でてやる。

「あっ、あっ、あっ……ぁあああ、許して、もうダメっ……」

成実ががくん、がくんと震えはじめた。

康光は吐き出して、今度は狭間とその底にある膣口《ちつぐち》に舌を伸ばした。笹舟の形をした花園の底でひっそりと息づいている女の雌芯《めしん》を舐める。

「ぁああ、そこは、いやっ……恥ずかしい。恥ずかしい……はうぅん」

そう言いながらも、成実は腰を引き、すぐに突き出してくる。

康光は上方の肉芽を指でかるく擦りながら、膣口を舐めた。つづけていると、

成実の気配が逼迫《ひっぱく》してきた。

「ぁあああ、ぁあぁ……もう、もう……」

「どうした？」

「……ねえ、ねえ」

成実が何かをせがんでくる。

「どうした？　いいよ。言ってごらん」

「……して。もう、して……」

「いいんだね、後悔しないね」

「はい……」

康光は上体を立てて、成実の膝《ひざ》をすくいあげた。

色白のきめ細かい肌がむっちりと実った太腿。その奥に、女の帳《とばり》が開いていて、鮮やかなサーモンピンクの粘膜が顔をのぞかせている。

猛《たけ》りたつものを押し当てて、じっくりと進めていく。だが、途中で成実が腰をひねった。

「どうした？」

「ゴメンなさい。急に怖くなって」

「大丈夫。たとえ痛くてもあっという間だ。大丈夫だよね？」

成実がうなずいた。

康光はふたたび屹立《きつりつ》を添えて、慎重に腰を進めていく。

だが、すぐには入っていかなかった。亀頭部で窮屈なところを力ずくで押し広げていく。キツい。キッキツだ。

「ぁあああ、くううぅぅ……」

成実が奥歯を食いしばって耐えている。

(ゴメン。すぐに楽にしてやる)

切っ先を押し進めていくと、窮屈なところを突破していく確かな感触があって、

「ぁあああぅうぅ……！」

成実がのけぞり返った。

顎をせりあげて、つらそうに眉根《まゆね》を寄せている。真っ白な歯列がのぞいているから、よほど強く歯を食いしばっているのだろう。

康光も動けなかった。

キツキツの肉路がざわめくようにして、侵入者を締めつけてくる。

康光は膝を放して、覆いかぶさっていく。

裸身を抱きしめて、唇を重ねる。すると、成実も自分から唇を強く押しつけて、康光を抱きしめる。

舌を入れると、ねっとりとした舌がからみついてきた。そうしていないと痛みがおさまらないのかもしれない。

康光も舌をまとわりつかせて、口腔を舐める。成実を慈《いつく》しむように愛撫しながら、ゆっくりと静かに腰を動かす。

「……あっ、くううぅぅ！」

成実は顔を反らして、きりきりと歯列を食いしばった。

「痛い？」

「……少し。でも大丈夫、このくらいなら……かまいません。してください」

成実が言う。

ほんとうはかなり痛いのだろう。成実は思った以上に頑張り屋だった。

康光は慎重に腰を振る。

奥には届かせずに、短いストロークで途中まで突く。浅瀬を抜き差ししていると、成実の様子が一気に変わった。

「ああ、あああぁ……」

と、顎をせりあげ、うっとりと目を瞑《つぶ》る。

（ロストバージンしたばかりでも、感じるんだな……よし、これなら……）

康光はがしっと肩を抱き寄せて、成実を懐《ふところ》に入れながら、足をまっすぐに伸ばした。その状態で抜き差しをする。

「あっ……くっ……あっ……」

成実がしがみつきながら、小さく喘ぐ。

「どう？　痛くないか？」

「ええ……大丈夫。痛いというより、気持ちいい……あそこが熱いの。ジンジンして、何かがふくれあがってくる」

「よし……いいぞ」

しばらくその姿勢で、肉路を擦りあげた。

強く叩き込んだら、衝撃が強すぎる。ここはじっくりと擦りあげていくのがいい。

成実の性感が高まったのを見て、上体を少し起こし、乳房を揉みしだいた。量感あふれる巨乳を形が変わるまで揉んでから、中心の突起にしゃぶりつく。

明らかに硬くしこってきた乳首を舌で上下左右に転がし、吸った。

チューッと吸いあげると、

「ぁあああああ……！」

成実は嬌声《きょうせい》をあげた。同時に、膣肉がぎゅっ、ぎゅっと締まって、いきりたちを包み込んでくる。

「くうぅぅぅ……！」

康光も懸命に暴発をこらえる。

ついさっきまで処女だった肉路だが、とても窮屈で狭く、気を抜けばあっという間に、放ってしまいそうだった。

「すごいね。ギュンギュン締まってくる。きみのここはすごく具合がいいよ」

「……ウソでしょ？」

「ウソじゃない。事実だよ」

「ほんとうに？」

「ああ、ほんとうだ……どう、女になった気分は？」

「まだわからない。でも、思っていたより痛くなかったし、それに……」

「それに？」

「何か気持ちいいの。初めてなのに、あそこが気持ちいいの。わたし、おかしい？」

「いや、おかしくないよ。きみの身体はそれだけ準備万端だったんだ」

「よかったわ、初めての男性が本田さんで」

成実が微笑《ほほえ》んだ。

「いい卒業旅行になりそうだ」

「ええ……本田さん。出していいよ。わたしはきっとすぐにはイケないと思うから。本田さんだけは出してほしい」

「いざとなったら、外に出すよ。じつはさっきから、イキそうだったんだ」

「うれしい……自分のあそこを使って、男の人が射精するのって、わたしの夢だった。だから、射精して、お願い」

「わかった。よし、出すぞ」

康光は腕立て伏せの格好になって、腰を上から打ち据《す》えていく。

「あんっ、あんっ、あんっ……」

成実が康光の腕を握って、甲高《かんだか》く喘ぐ。

道をつけられたばかりの肉路がみっちりと勃起をとらえ、ひたひたとからみつきながらうごめいた。

「ぁああ、出そうだ。出すぞ」

「はい……ください。あんっ、あんっ、あんっ……」

成実が膝を大きくM字に開いて、ぎゅっとしがみついてきた。

「いくぞ。出すぞ……」

「はい……ください。ぁあああ、気持ちいい……気持ちいい……ぁあああ、イキそう。ください！」

「おぉぅ、出るぅ！」

康光がとっさに引き抜いた直後に、白濁液が飛び散って、成実のたわわな乳房を白く染めた。

4

三人はホテルの会場で、バイキング形式の夕食を摂《と》っていた。

浴衣に袢纏《はんてん》をはおって、笑顔を絶やさない早季子と成実は、自分の好きな料理を取って、トレイに載せている。

少し前に成実は部屋に戻ったから、早季子に自分が処女を捧げたことを報告したのだろう。

早季子が康光を見たときの目の輝きで、彼女が喜んでくれていることがわかった。

この旅の大目標であった親友の処女卒業をクリアしたのだから、早季子としてもうれしいのだ。ただ、その相手のおチンチンを早季子も咥えて、男液をごっくんしている。

普通なら、嫉妬《しっと》しそうなものだが、どうも二人にはそういう感情はないようだ。

男にはわからない感覚ではあるものの、二人が喜んでくれているのだから、それはそれでいい。

それに、康光が処女を相手にするのは初めてで、そういう意味では人生の初体験をした。成実も素晴らしかった。

三人は上機嫌で、日本海の海の幸をメインにしたバイキングを愉しむ。

成実が大好物だという蟹《かに》を取りにいったとき、テーブルの向かい席から、早季子が話しかけてきた。

「成実を女にしていただいて、ありがとうございます」

そう小声で言って、にこっとした。

「あれでよかったのかどうかは、わからないけど、やさしくしたつもりだ」

「はい……成実もすごくやさしく丁重《ていちょう》に扱ってもらったって言ってました。たぶん、すごく上手だって」

　早季子が周囲に聞こえないように、身を乗り出して言う。

「それで、考えたんですけど……わたしも本田さんとしたいなって……。ダメですか？」

「……ダメってことはないけど。だけど、さっき俺はきみの親友としたばかりだぞ。いいのか、それで？」

　康光も他人には聞こえないように小声で言う。

「はい。親友の女の子たちって、好きなものを共有したいんですよ……今夜、成実が眠ったら、部屋に行きますね。あの子、今日は疲れているし、すぐに眠ると思うの。二人でまたあの部屋付き露天風呂に入りたいし」

「だけど、きみには彼氏がいるんだろう？　さっき、風呂を出るときにそう言ったぞ」

「あれはウソ。ああでも言わないと、あそこを抜けられなかったから。実際はいないわ。二カ月前までつきあっていたけど、別れたから今はひとり。だから、心配しないで……本田さんは明日から……」

　急に早季子が話題を変えた。

見ると、皿にはみ出すほどのズワイガニを盛った成実がにこにこしながら、テーブルに近づいてくるところだった。

「すごい！　成実、取りすぎよ」

早季子が言って、

「わかってる。みんなで分けようと思って、いっぱい持ってきたの。食べようよ」

「じゃあ、しばらく話はやめて、蟹に集中するか」

康光が言うと、二人がそれに同意した。


午後十一時、康光が部屋でうとうとしていると、部屋のドアをノックする音が小さく響いた。あたりを憚《はばか》るようなノックだ。

康光はベッドを出て、ドアを開けた。

思ったとおり、芦川早季子が浴衣に袢纏をはおって、寒そうに立っている。

無言で迎え入れると、早季子は部屋に入るなり、康光に抱きついてキスをしてきた。

長い情熱的なキスを終えて、康光は確認をした。

「成実ちゃんはもう寝たんだね？」

「ええ、もうぐっすり。幸せそうな寝顔だったわ。肩の荷をおろした感じじゃないかな」

早季子は、セミロングの髪がよく似合い、ととのった顔をしている。

だが目は大きくて、康光を見つめる瞳もきらきらと輝いていて、その黒い瞳に吸い込まれそうになる。

「ほんとうにいいのか。親友を裏切ることにならないか？」

「ええ、大丈夫よ。心配しないで」

「なら、いいんだけど……」

「寒い……温めて」

早季子は袢纏を脱いでベッドにあがり、康光の隣に横臥《おうが》して、ぎゅっと抱きついてくる。

康光は布団をかけて、腕枕をし、身体を接する形で早季子を抱き寄せ、背中を撫でてやる。

心の底では、これでいいのかという道徳心のようなものがあるが、柔らかな女体を感じると、理性など吹き飛んでしまう。

冷えていた早季子の身体が徐々に温まるのがわかった。

そのとき、早季子の片足が康光の太腿を割って押し入ってきた。そして、股間のものをぐいぐい擦りあげてくる。

イチモツが力を漲《みなぎ》らせると、

「硬くなってきたわ」

手を布団に潜らせて、浴衣をめくり、ブリーフ越しに肉棹《にくざお》をつかんでくる。そして、硬さを確かめるようにゆるゆるとしごき、

「もうこんなにカチン、カチン……本田さん、性欲が旺盛よね。不老ふ死温泉でもすぐに勃《た》てていたし……」

「まだ三十六歳だからね。それに、瀕死《ひんし》の重体を経験して、性欲が強くなったような気がする。俺にはまだ子供もいないしね。離婚したのも、子供ができなかったってことが大きかったな。とにかく、俺はまだ自分の血を引く子孫を残していないからね。このままでは、死ねない。とにかく、子孫をひとりでも多く残さないとね」

「よく言われますよね。人は死を強く意識すると、性欲が高まるって……やはり、あれは事実だったのね」

「そうかもね。俺がそのいい例だ」

「わたしも今、すごく燃えてる。親友を抱いた男を前に……」

早季子は、康光を仰向けに寝かせ、布団をかぶったまま、のしかかってくる。

康光の浴衣の紐をほどいて、シュルシュルと抜き取った。

前を開いて、胸板に顔を寄せてくる。

チュッ、チュッとキスをしながら、肩や脇腹をなぞり、

「ぁあああ……ぁあああん」

甘えた鼻声を洩らし、乳首を舐める。

布団のなかで早李子の目が光っていた。

部屋は充分に暖房が効いている。康光はもっと早季子を見たくなって、布団を剝《は》いだ。

「もう……せっかくこっそりしてたのに」

「俺はきみをちゃんと見たい。浴衣を脱いでくれないか」

せかすと、早季子は浴衣を肩から抜いて、もろ肌脱ぎになった。

浴衣が腰までさがって、形のいい乳房がこぼれでる。

「成実のほうが大きいでしょ？」

早季子が恥ずかしそうに胸を手で覆った。

「まあね。だけど、彼女ほどのオッパイの持ち主は、そうはいないだろうな」

「わたしも触ったことがあるけど、ふにょふにょして柔らかかったわ。でも、わたしの胸だって形がいいでしょ、ツンと威張っているみたいで」

「そうだね。いい形をしている」

「舐めてみる？」

「ああ……」

早季子が両手を前に突いて、ふくらみを突き出してきた。

目の前にせまった乳房に、康光はしゃぶりつく。

ふくらみを両手でつかみ、引き寄せて、中心にキスをする。チュッ、チュッとかるくキスするだけで、

「んっ……あっ……」

早季子は鋭く反応して、背中をのけぞらせた。

（やはり、感度がいい。この女は頭が切れて、リーダーシップがあるし、身体も敏感だ。就職した会社では、即戦力になるだろう。上手くいけば、管理職まで行けるかもな）

そんなことを思いながら、片方の乳首を舐める。

ねろり、ねろりと舌を這わせると、濃いピンクの突起がますます硬くしこってきて、それを舌で撥ねると、

「あっ……あっ……ぁあうぅぅ……」

早季子は悩ましい声をあげて、顔を上げ下げする。

持ちあがった尻がもどかしそうに揺れているのを見て、イチモツがますます勃起した。

すると、それがわかったのだろう。早季子が顔をおろしていき、浴衣の前を高々と持ちあげているものに触れ、それから浴衣をはだけた。

いきりたっている肉棹を見て、

「いつ見ても、元気だわ。疲れしらずなんですね。よかったですね、大怪我をしてもここは大丈夫だったんだから」

「そうだな。もしここをやられていたら、完全に終わっていたな。ラッキーだった」

「ふふっ、先っぽなんて、今日見た夕焼けよりも赤いかも」

早季子は足の間にしゃがみ、いきりたつ肉柱をつかんで、ぶんぶん振る。肉の

塔がしなりながら、腹部にぺちぺちと当たって、ますます力を漲らせる。

完全勃起したものの裏を、早季子が舐めてきた。

ツーッと裏筋を舐めあげられると、あまりの気持ち良さに腰が撥ねた。すると早季子は微笑みながら、ますます大胆に裏側に舌を走らせる。

亀頭の真裏を集中的に舐めて、れろれろっと舌を打ちつける。

「ぁああああ……たまらん」

「ふふっ、ここ、感じるんでしょ?」

「ああ、感じるよ。すごく……ぞわぞわする」

「よかった」

早季子は満足そうに康光を見て、執拗《しつよう》に裏筋の発着点を刺激した。

それから、ようやく頬張ってきた。

いきりたつものに上から唇をかぶせて、ゆったりとすべらせる。

「ぁあああ、気持ちいいよ」

思わず言うと、早季子はぐっと根元まで唇を押し込んだ。根っこから上端まで啜《すす》りあげて、また根元まで大きくすべらせる。

やっぱり上手だ。きっと、かなり経験のある男とつきあって、愛撫のやり方を学んだのだろう。賢い女はセックスのコツをつかむのも早い。

「んっ、んっ、んっ……」

早季子はつづけざまに顔を打ち振って、追い込んでくる。いったん動きをゆるくして、なかで舌をからみつかせる。

ねろり、ねろりと敏感な包皮小帯をねぶられると、腰を突きあげたくなるような疼《うず》きがせりあがってきた。

「ぁあああ、ダメだ。もう入れたくなった。きみとつながりたい」

訴えると、早季子はちゅるっと吐き出して、腰ひもを解き、浴衣を脱いだ。

現れた裸身はスレンダーだが、乳房は形よく張りつめ、肉を削《そ》ぎ落としたようなウエストから急峻《きゅうしゅん》な角度で腰が張り出していた。

その出るべきところは出た、若いボディに圧倒されていると、早季子がまたがってきた。

ギンとした肉柱をつかんで導き、翳りの底に擦りつける。

早季子のそこはぐっしょり濡れていて、亀頭がぬるぬるとすべる。

「ぁああ、気持ちいい……」

早季子は心からの声をあげて、恥肉を擦りつけ、位置を決めて静かに沈み込んでくる。

真っ赤に燃えた亀頭が狭い入口を押し開き、そこを通過すると、一気に嵌《は》まり込んでいき、

「はううぅ……！」

早季子が顎をせりあげた。

「くううぅぅ……」

と、康光も奥歯を食いしばる。それほどに、緊縮力のあるオマ×コだった。なかはとろとろに蕩けていたが、粘膜が波のように押し寄せて、イチモツを締めつけてくる。

「ぁあああああ、長いわ。長くて、硬い……ああ、奥に当たってる。すごい……ぁあああ、ぁあああああ、気持ちいい」

早季子は両足をぺたんとシーツにつけた状態で、腰を前後に打ち振って、濡れ溝をこれでもかとばかりに擦りつけてくる。

からみつく粘膜が勃起を包み込みながら、揺り動かしてくる。自分の勃起が揺さぶられ、揉み抜かれる感触がたまらない。

必死に暴発をこらえていると、早季子が両膝を立てた。少し前に屈《かが》んで、両手

を胸板に突き、ゆっくりと腰を振りあげ、おろしてくる。

その上下動が徐々に活発になり、黒々とした翳りの底に自分の肉柱が嵌まり込み、出てくるのがはっきりと見える。

「あん、あんん、あんんん……！」

早季子が上で弾《はず》んでいる。

セミロングの髪が躍り、乳房も波打つ。

「くうぅぅ……！」

康光は必死に射精をこらえる。こんなところで搾《しぼ》り取られては、男が廃《すた》る。

(ええい、こうなったら攻めるしかない)

早季子の腰がさがってくるのを見計らって、ぐいと屹立を突きあげた。すると、おりてくるオマ×コと押しあげられたおチンチンが激突して、

「ぁあああっ……！」

早季子が感に堪えないという嬌声をあげて、がくん、がくんと躍りあがった。

「感じるんだな？」

「はい……突きあげてくるの。本田さんのおチンチンがお臍まで届いてる」

そう言いながら、早季子はなおも動きつづけ、尻を振りおろしてくる。

「そうら、突き刺してやる」

早季子の腰が落ちてくるタイミングで、腰をせりあげる。すると、いきりたちが深々と奥をえぐって、

「ぁあああ……すごい、すごい」

早季子はとうとう腰のグラインドをはじめた。奥まで呑み込んだ屹立をぐりんぐりんとまわして、

「ぁあっ、あああああ……気持ちいい。イキそう。イキそう」

早季子が訴えてくる。

康光が連続して腰を撥ねあげると、

「くぁあああ……あはっ」

早季子が痙攣しながら、前に突っ伏してきた。

康光は震える肢体《したい》をぐいと抱きしめて、つづけざまに突きあげる。

「あん、あん、あんっ……！」

さしせまった喘ぎが撥ねて、早季子はぎゅっとしがみついてきた。

その唇を奪って、キスをする。舌でれろれろしながら、なおも腰を撥ねあげた。

「んんん、んんんんっ……」

早季子は唇を強く重ねたまま、くぐもった声を洩らす。背中と腰をつかみ寄せて、下から突きあげると、勃起が斜め上に向かって、膣を擦りあげていき、康光も急激に高まる。

「ぁあああ、もうダメ……イクよ、イッていい？」

「ああ、イキなさい。俺も出すぞ」

「ください。いっぱい、なかにちょうだい。大丈夫だから」

「イケよ。そうら」

ぐいぐいと腰を持ちあげると、勃起が深いところまですべり込んでいき、いよいよ早季子の表情が逼迫《ひっぱく》してきた。

ひと擦りごとに、康光も高みへと押しあげられる。

甘い陶酔感が急激にひろがって、下半身も脳味噌も真っ赤に染まった。

「あん、ああん、あんんん……イクよ、イク、イク、イッちゃう！」

早季子がしがみつきながら、頭をマットにめり込ませる。

「そうら、出すよ、出る……ぅおおおお！」

吼《ほ》えながら、つづけざまに擦りあげたとき、

「イクぅぅぅううう！……」

早季子は大きくのけぞって、がくんがくんと躍りあがった。

膣の収斂《しゅうれん》を感じた次の瞬間、康光も熱い男液をしぶかせていた。

5

二人は部屋付き露天風呂につかって、冬空に浮かぶ無数の星を眺めていた。

早季子はスマホで、ここから見える夜空や、打ちつけては引いていく波打ち際を写真におさめ、

「ほら、これよくない？」

と、画像を康光に見せる。

「いいね」

相槌を打つと、

「ねえ、わたしを撮って」

康光にスマホを渡す。

寒いからと巻いていたバスタオルを外したので、見事なプロポーションが出現した。

スレンダーだが出るべきところは出た裸身に見とれつつ、スマホのシャッターをタッチする。

そのシャッター音に煽《あお》られたのか、早季子が次々とポーズを取る。

やはり、今の女性はどんなポーズが自分に合うか、心得ている。

撮り終えて、写真を二人で見ていると、電話がかかってきた。

「あら、成実からだわ」

早季子が電話に出て、二言《ふたこと》三言《みこと》話したあと、

「……成実がもうこの部屋の前に来ているんだって。どうする？」

と、康光に訊いてくる。

「それは、入ってもらうしかないだろう」

「そうね。じゃあ、入れるわね。また、一緒にお風呂入ればいいし」

早季子が湯船を出て、身体を拭き、もう一枚の乾いたバスタオルを巻いて、部屋に入っていく。

しばらく二人で話していたが、成実は納得したのか、浴衣を脱いで、裸身にバスタオルを巻いて、早季子とともにベランダに出てきた。

早季子はバスタオルを外して、先に露天風呂につかる。

「成実もバスタオルを外しなよ。もうこの部屋には余ったバスタオルがないから、濡らしたりしないで……」

「わかった」

成実は素早く股間を洗うと、一糸《いっし》まとわぬ姿で湯船に身体を沈めてきた。

楕円形の広々としたバスタブで、康光の両隣に二人がつかっているから、まさに『両手に花』である。

しかし、不安もある。それは、早季子に対して、成実が嫉妬しないかということだ。

普通ならそうなる。しかし、成実はそのへんは気にしていないようだった。

「本田さんと出逢って、ほんとうによかったわ。こんなふうに三人で部屋付き露天風呂に入れるんだから。そうよね、成実?」

そう言って、早季子がじっと成実を見た。

「そうね、すごくラッキーだった」

答えた成実の右手がお湯のなかに潜って、康光の股間に触れてきた。

まさかの行為にびっくりした。

同時に、両手に花の状態で半分硬くなっていたイチモツも、握られた途端にギンと力を漲らせる。

成実は前を見ながら、お湯のなかで屹立をしごいている。

無色透明のお湯だから、早季子には当然見えているはずだ。

横をちらりと見たとき、早季子もぴたりと身体を寄せて、康光の胸を撫でてきた。

小豆色《あずきいろ》の乳首を指で捏ねながら、唇にキスしてくる。

（これは……！）

もしかして、さっき部屋で二人で康光を……と決めたのかもしれない。もちろん、持ちかけたのは早季子で、それを成実が承諾したのだろう。

早季子にディープキスされて、成実に肉棹をしごかれると、生まれて初めての体験に、どうしていいのかわからなくなった。

「そこに座っていて。寒いと思うけど」

キスをやめて早季子が言う。

康光は期待を込めて、湯船の縁に腰をおろす。すると、成実が近づいてきて、前にしゃがみ、胸を寄せてきた。

（えっ……？）

次の瞬間、成実が左右の乳房で肉柱を包み込んできた。

パイズリをしてもらったのは、今まで二度しかない。

それを、今、処女を卒業したばかりの女性がしようとしているのだ。

しかも、成実は巨乳である。いや、むしろ巨乳だからこそ、パイズリが可能なのだが……。

グレープフルーツみたいなふくらみが両側からかぶさってきて、おチンチンが豊満な肉に埋もれかかっている。

かろうじて、茜色にてかる亀頭が頭をのぞかせている。

成実はちらりと見あげてから、両手で乳房を両側から挟みつけて、一緒に上下に揺すってくる。

白い湯けむりが立ちのぼっている。

アドバルーンみたいなふくらみに包まれながら、摩擦されて、ああ、こうだったかとパイズリの悦《よろこ》びを思い出した。

「ぁああ、気持ちいいよ。柔らかくて、ぷるぷるしている。たまらない」

思わず言うと、成実がうれしそうに見あげてきた。

「ゴメン、成実、交代して」

成実が退き、代わりに早季子が前にしゃがんだ。そそりたっているものを一気に頬張ってきた。

根元まで咥え込んで、じゅるじゅると唾液を啜り、

「んっ、んんん、んんんつ……！」

勢いよくしゃぶられると、康光も徐々に追い込まれ、陶酔感がどんどんふくらんできた。

ちゅるっと吐き出して。早季子は皺袋《しわぶくろ》に舌を伸ばした。

皺のひとつひとつを丁寧《ていねい》に舐めながら、肉の塔を右手で握りしごく。

「ぁあああああん……」

鼻にかかった甘え声を洩らしつつ、大胆に睾丸《こうがん》を舐め、勃起を激しく握りしごき、康光を見あげてくる。

(ああ、天国だ。俺はあの事故でどん底に突き落とされた。だけど、この旅行では運に恵まれてツキまくっている……！)

ふたたび頬張られて、つづりざまに唇でしごかれると、どうしようもなく嵌めたくなってきた。

それを感じたのか、早季子が吐き出して、言った。

「今、したいでしょ？」

「ああ、猛烈にやりたい」

「だったら、成実にしてあげて……成実、もう一回しておいたほうがいいよ。できるよね？」

成実がしっかりとうなずいた。昂《たかぶ》っているのか、つぶらな瞳が潤《うる》んでいる。

「じゃあ、バックがいいよね。成実、湯船に手を突いて、腰を突きだして」

早季子に言われて、成実がバスタブの縁を両手でつかんで、おずおずと尻を後ろに差し出してくる。

康光に拒む理由は何一つなかった。

むっちりと実った尻はお湯にコーティングされて、ほぼ満月の明かりに浮かびあがり、妖しい。

その底で扉を閉ざしている花園を、しゃがんで舐めた。

たっぷりと唾液をなすりつけると、

「ぁあ、あああああ……」

感じているのだろう、成実が気持ち良さそうな声を洩らして、腰をくねらせる。

雌芯《めしん》も花開いて、蜜をこぼしている。

康光は立ちあがり、月に向かってそそり立っているものを、尻たぶの底に静かに埋め込んでいく。

痛くしないように慎重に潜り込ませると、切っ先がとば口を押し広げていき、

「はううぅぅ……！」

成実が背中をしならせた。

「キツいな、キツキツだ」

康光は冬の星空を見ながら、ゆっくりと腰を進めていく。

（最高だ……！）

つづけて突くと、

「あん、あんん、あんんん……」

成実は声を忍ばせて、喘ぐ。

「ぁあああ、くうう……」

成実の喘ぎが変わった。

見ると、早季子が成実の胸の下に潜り込むようにして、成実の巨乳を揉みながらしゃぶっていた。

乳首を吸われ、舐められて、一気に成実の様子が変わった。

「ぁあぁ、ああああぁ、気持ちいいよ。早季子の舌、気持ちいいよ」

そう言って、がくん、がくんと震えはじめた。

康光もここぞとばかり、丁寧に屹立で粘膜を擦りあげる。

「ぁあぁ、ああああぁ、へんなの、おかしいよ」

「それが、イクってことだよ。いいよ、イッて」

やさしく言って、早季子が乳房を揉みしだき、中心の突起を舐め転がした。

見る間《ま》に、成実の様子がさしせまってきた。

康光が打ち込みのピッチをあげたとき、

「ぁあぁあ、来るぅ……！」

成実は大きくのけぞり、がくんがくんと躍りあがって、力尽きたように湯船に崩れ落ちた。

それを見ていた早季子が、言った。

「寒いでしょ。いいよ、お湯につかって」

康光が湯船に座ると、向かい合う形で早季子がまたがってきた。

足を伸ばして腰をおろした康光の屹立をつかんで導き、ゆっくりと沈み込んでくる。

「ぁあああ、硬い……タフだね。何度してもへこたれない……今夜は寝かせないわ。三人でへとへとになるまでしようよ」

そう言って、早季子は肩に手を置いて微笑み、腰を振りはじめた。

第三章　溺愛する金沢《かなざわ》の女

1

翌日、三人は宿を出て、金沢方面に向かった。

実際、金沢まで行くのは本田康光だけで、芦川早季子と川上成実は、富山県の黒部宇奈月《くろべうなづき》温泉駅で降りて、そこで一泊すると言う。

羨《うらや》ましかった。だが、康光には金沢にぜひ事情を訊《き》きたい女がいた。

それが済んだら、かつて「抱けなかった」なかでも大本命だった女性のいる、福井《ふくい》県の越前《えちぜん》に行くつもりである。

黒部宇奈月温泉駅までは、懇《ねんご》ろとなった二人と同じ列車で行ける。

成実が心配だったが、二人の間には、男ではうかがいしれない関係性があるようで、ぎくしゃくしたところは見られない。

村上から新潟、上越妙高《じょうえつみょうこう》、そして金沢へと向かう乗り換えの多いルートを、和気藹々《わきあいあい》と過ごすことができた。

肉体関係を持った二人の女性と海岸線を見ながら、列車の同じボックスに乗ったことは、とても貴重な楽しいひとときで、あの事故以来、執拗《しつよう》にこびりついていたトラウマのようなものが和《やわ》らぐのを感じた。

黒部宇奈月温泉駅で二人は降車して、康光はひとりになった。

だが、北陸新幹線だから、金沢までは三十五分ほどで到着する。

懐かしい金沢駅に降り立ったときは、すでに夕方になっていた。

宿は香林坊《こうりんぼう》近くのホテルを取ってある。

駅の鼓門《つづみもん》を見ながら、ロータリーでバスに乗って香林坊の近くまで行き、バス停から歩いてホテルにチェックインした。

ビジネスホテル並みのところだが、兼六園《けんろくえん》や長町《ながまち》武家屋敷跡などの観光地に歩いて行ける。

それに、温泉はこの三日間で堪能した。

セミダブルの部屋に案内されて、部屋から大原綾香《おおはらあやか》に電話した。

この時期に訪ねることを連絡してあったこともあり、逢いたい旨《むね》を告げると、明日の夜なら大丈夫だという。

綾香は、ひがし茶屋街《ちゃやがい》にあるフレンチレストランでコックの見習いをしていて、明日は早番なので、夕方以降に逢うことになった。

「今は確か、兼六園が夜間にライトアップされているだろう。明日の午後六時半に、そこで待ち合わせないか」

「そうですね。わたしもひさしぶりに夜の兼六園に行ってみたいわ」

「じゃあ、そうしよう。その後、夕食を摂《と》ろう。香林坊にホテルを取ってあるから、その近くがいいかな。大原のほうで予約してくれるとありがたい。店は任せるよ」

「了解しました」

「じゃあ、明日……」

明日の予定が決まり、疲れがどっと出て、ベッドに大の字になる。

目を閉じると、大原綾香の顔が浮かんできた。

じつは綾香とは昨年まで、同じ会社で働いていて、康光の部下だった。

年齢は現在、二十七歳だ。

気配りのできる女性で、人当たりがよく、営業をさせてもきっちりとこなし、康光自慢の部下だった。

それが、唐突《とうとつ》に会社を辞めて、出身地の金沢に帰った。

互いの郷里が北陸地方の富山と金沢で、近いこともあり、康光は彼女をかわいがった。なのに、どうして辞めたのか……。

その理由は、康光にさえ最後まで言わなかった。

金沢を訪れたのはそのあたりの事情を知りたかったからだ。

同時に、「抱けたかもしれない女」であった綾香と決着をつけたかった。

康光が交通事故で瀕死《ひんし》の状態におちいった際に、脳裏に浮かんだ女性のひとりが大原綾香だった。

会社の呑《の》み会で深夜に二人になったとき、抱こうとすればできたような気がしている。

康光はすでに離婚してひとり身であり、綾香にも恋人はいないはずだった。

あのとき、綾香は酔って康光に凭《もた》れかかり、お持ち帰りのできる状態だった。

おそらく、綾香にもその覚悟はあった。

上司と部下の関係がいつのまにか男女の愛情に変わっていて、その変化を綾香も感じ取っていたはずだった。

だが、自分の部下を抱いていいのか、というモラルが立ちはだかって、結局は彼女をタクシーに乗せて帰してしまった。

あのときに、時間を戻したかった。

(明日は思いの丈《たけ》をぶちまけよう)

康光は自分を叱咤《しった》して起きあがり、夕食を摂りにホテルの近くのレストランに向かった。


翌日の午後七時、康光は雪の兼六園を、綾香とともに散歩していた。

冬季のイベントのひとつとして、日時は限定されるが、兼六園と金沢城公園がライトアップされて無料開放される。

雪はやんでいたが、うっすらと雪をまとった木々や池に光が当てられて、幻想的な光景をかもしだしていた。

とくに、中心から放射状に伸びた縄で枝を吊《つ》る雪吊りは出色《しゅっしょく》だった。無数に伸びた縄や枝に雪が積もり、それを斜め下からの照明が黄金色に浮かびあがらせて、おとぎの国のような景観を生みだしている。

「きれい……!」

分厚いコートをはおり、毛糸の帽子をかぶった綾香が身体を寄せてきた。

「ああ……きみは地元だから何度も見ているんだろうけど、俺は二度目かな……この歳になってあらためて見ると、貴重さがわかるよ」

「まさか、課長と見られるなんてね……」

周りのカップルたちに触発されたのだろうか、綾香が腕にすがりついてきた。

「……いいのか？」

「平気よ。恋人とかいないから」

「そうか、いないか……」

「いないわ……そんなことより、課長、大変でしたね。かなりひどい交通事故だったとお聞きしました」

前日、連絡をした際に事情を話したのだが、綾香には情報網があるらしく、すでに事故のことは知っていた。

「棺桶《かんおけ》に片足突っ込んでいたよ。自分でもよく復帰できたと思う」

「すみません。見舞いにも行けずに……」

「いいよ。遠いんだから……」

「リハビリも兼ねて、温泉をまわっているんですか？」

「ああ……会社からは、ゆっくり治してから復帰しろと言われている。じつは、俺が休んでいる間に……、課長補佐やっていた田代《たしろ》、知ってるだろう……」

「ええ……」

「その田代が俺の役割を代行して、俺以上に上手くやっているらしい。つまり、俺は復帰を急ぐ必要がないってことだ。たとえ復帰しても、もう俺の居場所はないだろうな。おそらく、違う部署に飛ばされる」

「ひどいわ、最低……！」

「しょうがないよ。俺も、死を前にして、会社のことはこれっぽちも頭に浮かばなかったからな。むしろ、きみのことを思い出していたよ」

「……ほんとうですか？」

「ああ……悔やんでいたよ。呑み会で二人きりになったとき、なぜ、きみをホテルに誘わなかったんだろうって」

事実を打ち明けると、綾香が腕をつかむ指に力をこめる。

二人は、開きかけた傘のように雪吊りされた松を見て、小さな石の橋を渡り、霞《かすみ》ヶ《が》池《いけ》を横に見て、公園を出た。

景色は素晴らしいが、寒すぎた。

それに、そろそろ会社を辞めた理由をじっくりと聞きたかった。

綾香が連れていってくれたのは、香林坊の近くにあるお洒落《しゃれ》な創作料理店で、個室に通された。

綾香がオーダーして、食前酒を呑んだ。

運ばれてきた料理は、金沢港で陸揚げされたばかりの海の幸をふんだんに使いながらも、うまくアレンジされたもので、フレンチっぽかった。

綾香がこの店を選んだ理由がよくわかった。

ワインを開けながら、訊いた。

「フレンチのコックって、大変だろう」

「そうですね。でも、もともと好きだったから……」

「そうか……ところで、きみはなぜ突然、会社を辞めたのかな。それをずっと訊きたいと思っていた。そろそろ、話してくれてもいいんじゃないか？」

綾香は迷っているようだったが、このことは絶対に他言しないようにと釘を刺してから、言った。

「じつはわたし、セクハラを受けていて……」

「……誰に？」

「都築《つづき》常務です」

「はっ……！」

思ってもみなかった人物の名前が出て、愕然《がくぜん》とした。

都築常務取締役は、次期社長の座も約束されているほどの実力者だ。そういえば、以前、彼のパワハラ、セクハラの噂を聞いたような気もする。

だが、まさか自分の部下がセクハラにあっていたとは……。

「まったく気づかなかった。たとえば、どんな？」

綾香が話しはじめた。

会社のパーティーで、常務が声をかけてきたのだという。

連絡先を教えたら、電話が頻繁にくるようになり、むげに断ることもできず、食事につきあうようになった。

常務は綾香をいたく気に入ったようで、秘書になってくれとまで言うようになった。

綾香は「営業部が好きですから」と断ったのだが、それを無視して一方的に、まずは総務部に飛ばし、その後に秘書として抜擢《ばってき》すると言われた。

ある日、食事の誘いを断ると、激昂《げっこう》した常務に会議室に呼び出され、さんざん嫌味を言われたうえ、最後には抱きつかれてキスをせまられたのだという。

綾香は追い込まれて、社内の内部通報窓口に駆け込み、不条理を訴えた。

だが、窓口の担当者は、常務の『そんなバカなことはしていない。あの女に誘われて断ったから、その逆恨《さかうら》みだろう』いう言葉を鵜呑《うの》みにした。結果、綾香には『これ以上、ウソをついて都築常務を貶《おとし》めるような発言があったら、厳重に処分する』とまで言ってきたので、呆れ果てて退職を決めたのだという。

話を聞いて、康光ははらわたが煮えくり返った。それ以上に、自分が何も気づいてやれなかったことに、責任を感じた。

「知らなかった、そんなことがあったとは……だけど、できれば直属の上司である俺に相談してほしかった」

「すみませんでした。相談すれば、課長が悩まれると思って……課長の性格からいけば、常務に食ってかかることもあると……。そうなったら、課長の地位が危うくなってしまう。そう考えると、相談できませんでした」

「そうか……だから、辞めたときも俺に何も言わずに……くそっ！　くそくそ、くそっ！」

気づいたら、吼《ほ》えていた。

無力だった自分が情けない。

「でも、もう済んだことですから」

「だけど、それでは君だけが損をすることになる。そんなひどいセクハラをしておいて、都築常務だけが傷つかずにのうのうとしているなんて、許せない！」

「ありがとうございます。課長のそのお気持ちだけで充分です。それに、わたし今、好きな道に進めて、むしろラッキーだったと思っています。以前から、料理に興味があって、とくにフレンチが大好きだったんです。まだまだですけど、この道に進めてよかったと思っているんですよ。だから、ほんとうにこの件は忘れてください。今更、蒸し返されるのはいやなんです。お願いします」

綾香が深々と頭をさげた。

「……わかった。きみがそう言うなら、蒸し返すことはしない。ただ……」

康光はまっすぐに綾香を見た。

「会社に代わって、俺が謝罪する。申し訳なかった。すみませんでした」

康光は深々と頭をさげた。

しばらくすると、綾香の鼻を啜《すす》る音がした。

見ると、綾香は顔を手で隠すようにして、泣いていた。

見ていられなくなって、康光は席を立ち、綾香の後ろにまわり、ぎゅっと抱きしめた。

2

香林坊のホテルの部屋で、康光はシャワーを浴びていた。

部屋では、すでにシャワーを済ませた綾香がベッドで待っている。

あれから、ほぼ無言で綾香を抱きかかえるようにして、ホテルまで連れてきた。

こんなことになるなら、もう少しいい部屋を取っておけばよかった、と後悔したが、もう遅い。この狭い部屋で我慢してもらうしかない。

急いでシャワーを浴び、前をボタンで留める形のナイトウエアで、バスルームを出た。

心臓の鼓動を感じながらベッドを見ると、綾香はナイトウエアを着たまま、背中を見せて横臥《おうが》していた。

（ようやく……！）

胸にせまるものを感じながら、ベッドに近づき、布団のなかに潜り込んだ。

背後に体を密着させると、綾香が寝返りをして、二人は向かいあった。抱き寄せて、耳元で言った。

「呑み会で二人になったとき、きみを強引に誘えばよかった。あれから、後悔しっぱなしだった。今夜はあのときの忘れ物をようやく取り戻せそうだ」

「物事にはタイミングがあるんだと思います。あのとき、もし抱かれていたら、わたしの人生はきっと変わっていた。常務に誘われても、食事には行かなかった。でも、それが運命なのよ。そして、わたしは運命を受け入れる。だから、これも運命……だいぶ、遅かったけど」

「ゴメン……」

「いいんです。わたしもずっとこうされたかった」

綾香がキスしてきたので、康光は唇を受け止めながら、綾香を仰臥《ぎょうが》させ、上になった。

柔らかくウエーブした髪をかきあげて言う。

「会社にいたときより、いい顔になったね」

「ストレスがないから」

「好きな道に進んでいるからだね」

そう言って、康光は額《ひたい》にチュッとキスをする。

キスをおろしていって、唇を合わせた。

最初は遠慮がちだった接吻に徐々に力がこもり、舌を突きだすと、綾香も舌をからめてくる。

おずおずとした舌づかいが次第に激しくなり、お互いの気持ちをぶつけあうようなディープキスとなった。

康光の下半身が一気に力を漲《みなぎ》らせた。

キスをしながら、綾香の手をつかんで下腹部に持っていく。

ギンとしたものに触れて、綾香の手が一瞬ためらった。しばらくすると、おずおずとそれを握り、硬さや形を確かめるように触れてくる。

その間も、康光は丁寧《ていねい》にキスをし、口腔《こうこう》を舐《な》める。

キスを受けながら、綾香は勃《ぼっ》起《き》を握りしめて、ゆっくりとしごいてくる。

かつて、ひそかに愛していた部下の愛撫《あいぶ》を受け、感激も興奮も大きかった。

康光はたまらなくなって、キスをやめ、綾香のナイトウエアのボタンを外して脱がせる。

こぼれでた美しい裸身に見とれた。

垢《あか》抜《ぬ》けしている顔と同様に、肉体もシェイプアップされている。乳房は適度に大きく、ヒップは充実してむっちりしており、ウエストは引き締まっている。

バランスの取れたボディだが、とくに乳房が美しかった。上の直線的な斜面を下側の充実したふくらみが押しあげており、ツンと尖《とが》ったピンクの乳首は中心より上についていて、全体の形が素晴らしい。

室内は充分に暖かい。

康光もナイトウエアを脱いで、覆《おお》いかぶさっていく。

乳房を揉《も》みあげながら、すでに尖っている乳首を丁寧に舐める。

ゆっくりと大きく上下に舌を這《は》わせると、

「はううう……」

綾香は悩ましい声をあげて、その声を恥《は》じるように、手の甲を口に当てて、喘《あえ》ぎを封じる。

その羞恥《しゅうち》に身をよじる様子がたまらなかった。

乳首を丹念《たんねん》に舐めまわし、かるく吸うと、

「ぁあああ……いや、声が出ちゃう」

綾香が潤《うる》んだ瞳を向けてくる。

「いいんだよ、声を出してもらったほうが、こちらもうれしいし、昂奮する。大原も女なんだなってね」

「わたしはいつも女です」

「ゴメン。そうだったね」

康光はふたたび乳首をかわいがる。

どんどん硬くせりだしてきた突起を舌で上下左右に舐め転がしながら、もう一方の乳房を揉みしだいた。

「ぁあ、あああぁ……気持ちいい」

綾香が心から感じているような声を出す。

綾香もすでに二十七歳。性感は開発されて、男の愛撫を待っていたのだろう。

恋人はいないと言っていたが、たとえばフレンチの先輩に言い寄られたりする
ことはあるのかもしれない。

こんなに美人で才覚もあるのだから、男は放っておかないだろう。

(まあ、いい。とにかく今夜は綾香を愛そう。忘れ物を取り返すのだ)

左右の乳首を丹念に舐めしゃぶり、ふくらみを揉みしだいていると、

「ぁああ、ああああぁ……いいの。いいのよ……ぁあああ」

そう喘ぐ綾香の恥丘が、ぐぐっ、ぐぐっとせりあがってきた。

オマ×コに触ってほしいのだろう。だが、康光はあえてそれはせずに、綾香の両手を頭上にあげて押さえつける。

腕があがり、剃毛《ていもう》された腋窩《えきか》があらわになる。

「ぁあ、これ……」

必死に腋《わき》を締めようとする綾香の腕をさらに押さえつけて、腋の下を舐めた。

つるっ、つるっと舌が腋窩をすべっていき、しょっぱい味がして、

「ぁああ、課長、いやよ。恥ずかしいよ。いやいや……」

綾香が顔を左右に振る。

「……前にね、きみがノースリーブを着ていて、腕をあげたときに腋が見えたんだ。そのとき、そこを舐めたいと思ったよ。軽蔑《けいべつ》しないでくれよ。きみの腋の下はとてもエロい」

「もう、課長ったら……」

「女性によっては絶対に腋を舐めたくない人もいる。だけど、きみの腋はセクシーに感じる。不思議だね」

腋を舐めているうちに、そこが自分の唾液《だえき》の匂いに変わり、二の腕へと舌でなぞりあげていく。すると、二の腕も感じるのか、

「ぁあああ、ああああうう……」

綾香は喘いで、顔をのけぞらせる。

「握ってくれないか」

綾香の右手を取って、股間のイチモツに導いた。

おずおずと握ってきて、綾香はそこから手を放そうとはしない。

しなやかな指の圧力を感じつつ、二の腕からさらに舐めあげていき、綾香の左の手指にも舌を走らせる。

人差し指と中指をまとめて頬張《ほおば》り、フェラチオのように唇を往復させた。

「ぁああ、こんなこと……」

綾香は驚いている様子だが、右手では康光の勃起した肉棹《にくざお》をしっかり握って放さず、時々、しごきあげるようなこともする。

康光は指を吐き出して、綾香が肉棹を握りしごくのを愉《たの》しんだ。

イチモツはさらに大きく、ギンギンになり、綾香の息づかいも激しさを増し、胸を大きく波打たせて、潤《うる》んだ瞳を向ける。

「おしゃぶりしてくれるかい？」

思い切って、訊いた。綾香は静かにうなずく。

康光が仰臥すると、横から綾香がペニスに顔を寄せてきた。

ほぼ真横で、康光の休と直角になる体勢だから、しなった女体のラインがまともに見える。

先端が突き出た乳房、弓なりに反った背中とぐんとひろがっていく豊かなヒップ……。

女豹《めひょう》のポーズに見とれていると、分身が温かいものに包まれた。

綾香が真横から、いきりたつ肉の塔を口におさめたのだ。

ゆっくりと根元までのストロークを繰り返す。

「ぁああ、気持ちいいよ。たまらない」

思わず言うと、綾香は深く頬張ったまま、はにかんだ。

それからまたすぐに顔を打ち振る。

「ああ、くっ……」

康光はもたらされる快感に酔いしれる。

綾香は想像以上に、フェラチオが上手だった。技巧もさることながら、一途《いちず》にしゃぶってくるその心意気を好ましく感じる。

しかも、その姿を康光は真横から眺めているのだ。

だが、見ているだけでは我慢できなくなった。

「悪いけど、こっちにお尻を……」

そう言ってせかすと、綾香は咥《くわ》えたまま身体をずらし、お尻をこちらに向けた。

康光をまたいでいないので、尻は康光の斜め前にある。

舌では無理だが、指なら届く。

ゆっくりと右手を伸ばして、濡れそぼった花芯をなぞった。すると、濡れ溝がぬるぬるとすべって、

「ん、んんんんっ……！」

綾香は咥えたまま呻《うめ》いて、腰をよじった。

そのまま狭間《はざま》を指でなぞると、綾香は尻を振りながら、くぐもった声を洩《も》らしていたが、ついには肉柱を吐き出して、言った。

「ぁああ、ダメ……そんなことされたら、咥えられない」

「じゃあ、いっそのこと、シックスナインしないか？」

「……いやよ。初めてなのに、そんな恥ずかしいこと……」

「ずっと、きみの恥ずかしいところを見たかったんだ、腋の下も、お尻も……頼

よ」

「もう、課長、ヘンタイなんだから」

「仕方ないだろ。きみがそう思わせるんだ。それだけ、セクシーだってことだよ」

「……しょうがないなあ」

「よかった！　こっちにお尻を」

綾香はゆっくりとまわって、康光の顔面をまたいだ。

康光が目の前のヒップをつかみ寄せると、

「ぁああん、もう……」

綾香はくなっと腰をよじって、康光の肉の塔をつかんだ。ぎゅっと握って、しごいてくる。

立ちのぼる快感をこらえて、康光は目の前の女の園にしゃぶりついた。

長い切れ目には深い谷間が刻《きざ》まれ、そこからじゅくじゅくした花蜜があふれていた。

分泌《ぶんぴつ》するものを舐めとっていくと、

「ん、あっ……」

綾香が頬張ってきた。

康光のイチモツに唇をかぶせて、奥まで咥えたところで動きを止めた。

唇は動いていない。だが、なかでなめらかな舌がからみついてくる。

(すごいな、舌がよく動く。まとわりつきながら、弾《はじ》いてくる)

感心しつつも、康光も攻める。

頭の下に枕を入れ、顔を近づけて、肉びらの狭間を舐める。ぬるっと舌が濡れ溝を擦《こす》りあげていって、

「んんんっ……！」

綾香は頬張ったまま、呻く。

なおも、サーモンピンクの粘膜をなぞりあげる。

「くううう……！」

と、綾香が凄絶な声を洩らして、くなっと腰をよじった。

褶曲《しゅうきょく》した肉びらはひろがって、内部をのぞかせ、ぬめ光る複雑な肉ひだがうねうねとうごめいている。

康光は下の端っこに飛び出している小さな突起に目標を定め、そこに舌を走らせる。舌でなぞり、ちろちろっと横揺れさせた。

ダイレクトのほうがいいだろうと、包皮を剝《む》いた。つるっと転がり出たクリトリスを今度は上下に撥《は》ねると、

「はぅううう……！」

綾香は肉棹を咥えたまま、くぐもった声を洩らした。

つづけて撥ねると、綾香はもう唇をすべらせることができなくなったのか、頰張ったまま動きを止めた。

康光は、今度は吸った。

明らかにさっきより肥大化した肉芽《にくが》をちゅっ、ちゅっと吸う。

咥えていられなくなったのか、

「ぁあああ、ダメ……許して。もう、許してください。やぁあああ！」

綾香が訴えてくる。

康光は肉芽を吐き出して、また舌で撥ねる。

「ぁあああああ……あぐっ」

と、綾香がふたたび肉棹を頰張ってきた。

クリトリスから派生する快感をぶつけるように、

「うんん、うんん、んんんんっ……」

つづけざまに顔を打ち振っていたが、ついにはこらえきれなくなったのか、ちゅるっと吐き出した。

唾液でぬめる肉の塔を指でぎゅっと握って、

「ぁああ、もう我慢ができない。これが欲しい」

いきりたつ肉柱を握りしごく。

3

「上になってくれないか？」

「……得意じゃないです」

「大原が性欲に駆られて腰を振る姿を見たいんだよ」

「もう、課長、ほんとうにエッチなんだから。前からこうでした？」

「……前は猫をかぶっていた。だけど、棺桶に片足を突っ込んで覚《さと》ったんだよ。欲望を抑えつけていてもしょうがない。何も残らない。欲望に忠実に生きようと決めたんだ」

「……それはわかります。わたしも今、そんな心境です。いいわ、課長の願いを叶えてあげる」

そう言って、綾香が康光の腹部をまたいだ。

そそりたっているものをつかんで、翳《かげ》りの底に押しつけて、肉棹を振って亀頭《きとう》を擦りつけた。

指で肉びらをひろげて、じかに膣口《ちつぐち》に押しつけて、ゆっくりと沈み込んでくる。

ぱんぱんに張りつめた亀頭が狭いところをこじ開けていく感触があって、切っ先が奥へとめりこんでいき、

「ぁあああ……！」

綾香は上体をまっすぐに立てて、顔をのけぞらせる。

途端に、熱いと感じる肉路が康光の硬直を締めつけてきた。

なかは充分に潤っていた。だが、粘膜がひたひたと分身にからみついてきて、康光もしばらくはそのままの状態でいた。

いきなりストロークしたら、暴発してしまいそうだったからだ。

すると、綾香がもう我慢できないとでもいうように、腰を振りはじめた。

上体をまっすぐに立てて、腰から下を前後に揺すっては、

「ぁああ、あああああぅう……」

と。感に堪えないという声をあげる。

(俺は、綾香のこういう姿を見たかったのだな)

部下として働いていたとき、綾香は出来る女だったが、決して節操を忘れることがなかった。どこか控えめで、自分を抑えていた。

理性を失ったのは、お持ち帰りをしそこねたあのときだけだった。

それが今、ベッドで欲望を解き放っている。

かるくウエーブしたセミロングの髪が肩に散り、乳首のせりだした生意気そうな乳房が揺れている。

適度にくびれたウエストから腰が横にひろがり、黒々と密生した翳りの底に、自分の硬直が嵌《は》まり込んでいるのが見える。

そして、綾香は腰を前後に振って、硬直を膣の粘膜に擦りつけては、

「ぁあああ、あああああうう」

心から感じているような、あからさまな声をあげる。

康光も切っ先が奥をぐりぐりと捏《こ》ねているのがわかる。

それがいいのか、綾香は腰を左右に揺すったり、グラインドさせたりして、

「ぁあああ、気持ちいい……ぁあああうぅぅ」

眉《まゆ》を八の字に折って、うっとりと喘ぐ。

それから綾香は膝を立てて開き、手を後ろに突いた。

すごい光景だった。

大きく開いたすらりとした足の間の陰毛の底に、濡れた肉の塔が入り込んでいる。

「すごいな。大原のオマ×コに俺のおチンチンが突き刺さっている」

「ぁああ、心底エッチなんだから」

「言っただろ、それがほんとうの俺なんだよ。もっと見せてほしい。動いてほしい」

「しょうがないな」

綾香がまた腰をつかいはじめた。

両手を後ろに突き、のけぞるように腰を前後に揺らして、肉棹に膣の粘膜を擦りつけては、

「ぁあああああ、ぁあああう……」

顎《あご》をせりあげる。

この姿勢だと、綾香のすべてを見ることができる。

容姿がととのっていて、エロい。

都築常務が気に入ったのもわかる。もし、彼が綾香を抱いていたら、執着はもっと強くなっていただろう。

腰を振りながら、綾香はすごく気持ち良さそうだった。

今、綾香は心の底から、セックスを愉しんでいるのだ。

それから、綾香は上体を立てた。

少し前に屈んで、両手を腹部に突き、腰を持ちあげた。

上から沈み込ませる。

そうやって、腰を上下に打ち振っては、

「あんん、あんっ、あんっ……！」

喘ぎをスタッカートさせて、尻を縦に振りつづける。

髪が揺れて、乳房も波打つ。

そして、膣が上下動するたびに、屹立《きつりつ》がずぶずぶっと埋まっていき、康光の快感も高まる。

さっき騎乗位は苦手だと言っていたのに、全然下手じゃない。

一途《いちず》に快楽を求める姿に胸を打たれて、康光も何かしてあげたくなる。

綾香が腰を落とすのを見計らって、下からずんっと突きあげる。切っ先が降りてきた膣口にぶち当たって、

「はうぅぅ……！」

綾香が顔をのけぞらせながら、康光の腹をつかむ指に力を込めた。

顔をくしゃくしゃにした、その追いつめられた表情が康光をかきたてる。

だが、そこで屈することはなく、綾香はなおも腰を振った。スクワットでもするように尻を縦に振って、パチンパチンと音を立てながら、

「あんん、あんっ、あんっ……！」

甲高《かんだか》く喘ぎ、乳房を波打たせる。

快感を求めて、夢中で腰を振るけなげな姿が、康光にはたまらなかった。

「気持ちいいか？」

「はい……気持ちいい。あんっ、あんっ、あんっ……！」

綾香が激しく腰を上下動させた。

落ちてくるのを見計らって、ぐいと突きあげると、亀頭が奥にぶち当たり、

「はうぅぅ……！」

綾香はのけぞり返って、どっと前に突っ伏してくる。

「はぁ、はぁ、はぁ……」

と、息を弾《はず》ませて、ぐったりと覆いかぶさってきた。

（イッたのだろうか？）

髪を撫でていると、キスをねだってくる。

いまだ勃起は綾香の体内におさまったままだ。

唇を重ね、舌を誘うと、綾香は情熱的に舌をからめる。そうしながら、腰を揺する。

嵌まり込んでいる肉柱を膣で揉み抜かれて、康光はもたらされる悦《よろこ》びにひたった。

すると、綾香は自ら舌をつかい、ねぶり、唾液を注ぎ込む。そうしながら、腰を揺すって、勃起を揉みしだいてくる。

夢のような快感がひろがっていた。

綾香はキスを唇から横に移動させて、康光の頬から耳へと移していった。

耳たぶをねぶられ、耳殻《じかく》を舐められる。さらに、中耳《ちゆうじ》にフーッと息を吹きかけられると、ぞくぞくっとした快感が走り抜けて、肌が粟立《あわだ》った。

つぎに、耳をねぶりながら、綾香が腰を振った。

こういうのを羽化登仙《うかとうせん》と言うのだろう。

「ぁあああ、気持ちいいよ。たまらない」

「ほんとうはあの夜、こうしたかったのよ。でも、課長はわたしを誘ってくれなかった」

綾香が上からじっと見た。

「後悔してるよ。俺は意気地がなかった。自分に素直になればよかった」

「そうよ……今夜みたいに。そうしたら、きっとわたしは今も会社にいたわ。もしかしたら……」

「もしかしたら……？」

「いいの、もう済んだことよ」

何かを振り切るように言って、綾香は唇にキスした。唇を強く重ねながら、腰をつかって、恥肉を擦りつけてくる。

あのとき、思い切ることができなかったことの後悔と、憤りが込みあげてきた。つながったまま苦労して体を入れ替え、自分が上になった。

両膝をすくいあげ、膝の裏をつかんで持ちあげながら、ひろげる。

すると、腰が少し持ちあがり、屹立が押し入っているところがよく見えた。足をつかんで上から押さえつけ、真上から打ちおろす。

淫《みだ》らな蜜にまみれた肉の柱が、両側からふっくらとした肉びらのせまる狭い箇所に、突き刺さっている。

「綾香、見えるか？」

「はい……課長のおチンチンがわたしのなかにおさまっている。すごいわ、こんなに深く……」

「もっと深く入れてやる。これでどうだ？」

康光は大きく腰を振って、肉柱を深々と押し込んでいく。

半分ほど見えた肉棹が一気に見えなくなり、奥へとすべり込んでいって、

「あうぅぅぅ……！」

綾香がのけぞった。

両手で枕を後ろ手につかみ、腋の下や乳房をあらわにして、顎をせりあげる。

すっきりした眉を八の字に折って、今にも泣き出さんばかりの、悩ましい顔をする。

いい女だ。あのとき意気地がなくて、大きなものを失ったことを、あらためて思い知らされた。

その気持ちをぶつけるように、上から突き刺した。

ぐいっ、ぐいっ、ぐいっと叩きつけると、

「あんっ、あんっ、あんっ……！」

綾香は甲高く喘いで、枕の端を握りしめた。

今、自分の腹の下で、かつての部下であり、愛してもいた女が、感じて、喘ぎまくっている。

そのことで、自分の心が満たされている。

だが、これではまだ納得できない。もっと綾香を感じさせたい。腰が抜けるまで攻め抜きたい。

康光は膝を放して、覆いかぶさっていく。

綾香を抱きしめて、キスをする。

舌を差し込んで、口腔を舐めまわし、舌をとらえて、しゃぶった。貪《むさぼ》るように舐めまわし、吸った。

そうしながら、腰をつかって、怒張《どちょう》を抜き差しする。

「んんんっ……んんんんんっ……」

綾香はくぐもった声を洩らして、しがみついてきた。

自分から舌をつかい、唾液を啜り、角度を変えて康光の唇を吸い、抱きついてくる。

康光も自分がどこかに連れ去られていくような陶酔感《とうすいかん》のなかで、ディープキスをして、腰を躍らせる。

キスをやめて、足を伸ばした。そうやって体重を切っ先にかけて、ずりゅっ、ずりゅっと体内を擦りあげる。すると、亀頭冠《きとうかん》のカリが粘膜を削《けず》っていき、それがいいのか、

「うあっ……あんっ、あんっ、ぁあああん……！」

綾香は口を離して、艶《なまめ》かしく喘ぎながら、右の手の甲を口に当てて、のけぞった。

康光は、がしっと女体を抱き寄せながら、精根込めたストロークを浴びせていく。

「ぁあああ、あうぅ……気持ちいいの。気持ちいいの……」

綾香も両手を背中にまわして、康光にしがみつきながら、悩ましい声を洩らしつづける。

すらりとした左右の足を開いて、康光の腰を挟みつけ、恥丘をぐいぐいと擦り

つけてくる。

康光はしばらく同じ体勢でストロークをつづけた。すると、綾香もさらに高まってきた。

康光にしがみついて、キスをねだり、もっと深くとばかりに足を開いて、勃起を奥に招き入れ、

「んんんんっ……んんんんっ……うあああぁぁ、課長、わたしもう……」

「どうした？」

耳元で囁《ささや》く。

「……イクかもしれない。イクんだわ、きっと」

「いいんだぞ。イッて……大原が気を遣《や》るところを見たい。ずっと見たかった。いや、イカせたかった」

「ぁああ、課長！」

綾香がぎゅっとしがみついてきた。

康光が力強く叩き込むと、

「あんん、あんっ、ぁあああうぅぅ」

綾香がのけぞって、シーツを鷲《わし》づかみにした。

ここぞとばかりに、康光は深く打ち込む。

亀頭冠が粘膜を擦りつけるたびに、蕩《とろ》けるような快感がうねりあがってきて、追いつめられる。

（ダメだ。もう少し待て。綾香をさんざんイカせてから……）

だが、急速にふくれあがった愉悦《ゆえつ》の波は、いかんともしがたい。

（ここは一緒に……！）

綾香の上昇カーブに合わせて、打ち込みのピッチをあげた。

「ぁあああ、イキそう……課長、わたし、もうイク……！」

綾香がますます強く抱きついてきた。

「いいぞ、イッて……そうら、俺も、俺も……」

「ぁあああ、ください。大丈夫よ。今日は大丈夫だから」

綾香が耳元で言う。

「よし、出すぞ。出す！　おおおおぉぉぉ！」

吼えながら、叩きつけた。

「あんっ、あんっ、ぁあああんん……イクわ。イク、イク、イッちゃう……課長、欲しい！」

「そうら……おおおおぉぉ！」

康光がたてつづけに打ち据《す》えたとき、

「……ぁあああぅぅ、イキます。イク、イク、イクぅ……やぁあああああああアアアア！」

綾香は声を限りに叫び、グーンと背中を弓なりに反《そ》らせた。

膣が絶頂の痙攣《けいれん》をするのを感じて、もう一太刀《ひとたち》浴びせたとき、康光も放っていた。

こういうのを目くるめく瞬間と言うのだろう。

康光はぴったりと下腹部を押しつけて、熱い男液がほとばしるのを満喫する。

そして、康光の体の下で、綾香は激しく躍りあがっている。

4

シャワーを浴びた綾香がナイトウエアをはおって、出てきた。

「ゴメンなさい。そろそろ帰らないと……実家だから」

そう言って、着替えようとする。

「もう帰るのか？」

「帰りたくはないけど、明日も早いし……」

「レストランのほうが？」

「ええ……」

「何時？」

「……八時から行って、仕込みをしないと。わたしは下っ端《したっぱ》だから」

「大変だな。だけど、八時までに出勤なら、まだたっぷりと時間はあるよ。それとも、俺、良くなかった？」

「ううん、それは違う。すごく良かった……まだ、ジンジンしているのよ、ここが」

綾香が下腹をかるく押さえた。

「だったら、もう少しいてほしい」

「でも……」

「もしかして、大原には恋人がいるとか？」

思い切って訊いた。

「……前にも言ったとおり、残念ながら、いないわ」

綾香がぎゅっと唇を嚙《か》んだ。

「不思議だね。どうしてきみのようないい女に、恋人がいないんだろう？」

康光は立ちあがって、後ろから綾香を抱きしめた。

綾香が窓のほうに逃げて、閉まっていたカーテンを開けた。

この部屋は五階にある。窓からは、金沢の街の明かりが見えた。東京ほどではないが、金沢は北陸一の地方都市である。

積もった雪でところどころ白くなった街並みの至るところに、ぼんやりとした温かい明かりが灯《とも》っている。

「東京と較べて、金沢は闇が深い感じがするな」

「そうよ。金沢のほうが江戸より、歴史が長いの。それに、昔は北前船《きたまえぶね》で賑わっていたのは日本海のほうだった。でも、今は完全に逆転してしまった。その怨念がこの闇には詰まっているのよ」

「なるほど……俺も富山出身だから、その考えには賛同するよ」

「……わたし、モテないのよ」

金沢の夜景を見ながら、綾香が言って、背後の康光に凭れかかってきた。

「それはないよ。モテたから、常務にセクハラされたんだろう？」

綾香が押し黙った。

「ゴメン。思い出したくないことだったね」

「いいの……」

綾香が康光の手をつかんで、身体の前に導いた。

康光は後ろから抱きかかえながら、ナイトウエアの下に右手をすべり込ませる。温かくて、すべすべしたふくらみが手のひらに吸いついてきて、

「あっ……！」

綾香ががくんと顔をのけぞらせる。

「きみは、頭が切れる。スタイルも顔もいい。俺は今もきみが好きだよ」

「うれしいわ。でも、だからと言って、課長は金沢に来て、わたしと一緒になる気はないでしょ？」

「……いいよ、来ても」

「ウソ！　心にもないことを言ってる。わかるのよ、わたしには……何年も課長の部下だったんだから……。ぁあああ、ダメっ……」

乳首をつまんで転がすと、綾香がくなっと腰をよじった。

「ダメだって……真面目な話だったら、話している最中にこんなことはしないわ。いいのよ。これからも時々、金沢に来て、気の向いたときに抱いてくだされ

ば、わたしもそのほうがうれしいのよ。これで、わかったでしょ。わたし、ひとりが好きなの。恋愛で縛られるのがいやなの。わかった？」

「……わかった、とは言い難いな」

康光が柔らかなふくらみを揉みしだいて、先端の突起をくりっと転がすと、

「あんっ……！」

綾香がまた顔を撥ねあげた。

「敏感な身体だ。打てば響く……惜しいよ。ほんとうに惜しい」

耳元で囁きながら、乳首を指で捏ねる。

そこはふたたび硬くせりだしていて、尖った部分を指の腹で押しつぶすようにすると、

「ぁあああんん……」

綾香は甘い鼻声を洩らして、康光の腕をぎゅっとつかんだ。

康光が乳首を挟んで、左右にねじりながら、頂上をトントン叩くと、

「ぁああん、ダメっ……！　あっ……あっ……」

綾香はがくん、がくんと膝を落とした。

「もう一度、しよう」

ナイトウエアを脱がせて、一糸《いっし》まとわぬ姿の綾香を背後から抱きしめる。

乳房をとらえて、揉みしだき、前を見た。

外は暗くて、なかのほうが明るい。ガラスが鏡のように二人の姿を映し出していた。

「見えるね、二人が」

「ええ、恥ずかしいわ」

「だけど、きみはこのほうが昂奮するんだろ？」

「……しないわ」

「そうか？　確かめるぞ」

右手をおろしていき、翳りの底をとらえた。ふさふさした繊毛《せんもう》の奥に、そぼ濡れた花心が息づいていて、なぞりあげると、ぬるっ、ぬるっとすべる。

「ほら、ぬるぬるじゃないか」

「だって、それはまださっきの……」

綾香の手をつかんで、後ろにまわさせる。

ギンとしたものを、汗ばんだ指がおずおずと握り、ゆっくりとしごきはじめた。

「ほら、俺だってまたこんなになってる」

「すごいね。さっき出したばかりなのに」

「きみが相手だからだよ」

「そうかしら、相手が誰だってこうなるんじゃないの？」

「それは違うよ」

康光は乳房を揉み、下腹部をなぞる。その間にも、綾香は情熱的にイチモツを握りしごいてくる。

綾香の息づかいが荒くなり、後ろに突き出された尻がもどかしそうにくねって、勃起の先端を擦ってくる。

右手でとらえた下腹部がいっそう濡れて、ぐちゅ、ぐちゅと淫靡《いんび》な音を立てる。

そこで、康光は後ろにしゃがんだ。

肉感的な尻たぶの谷間には、茶褐色《ちゃかっしょく》のアヌスが恥ずかしそうに縮まり、その下に、縦長の女の切れ目がわずかにひろがって、濃いピンクのぬかるみをさらしている。

狭間を舌で上下になぞると、それだけで綾香は、

「ぁあああ、気持ちいいの……わたし、気持ちいい……ぁああああ、ああああああうぅぅ」

背中を弓なりに反らせて、ヒップを突き出してくる。

笹舟の形をした女陰《じよいん》の底で、小さな突起が包皮をかぶっている。皮を剝いて、あらわになったクリトリスに吸いついた。

「いやぁあああ……あっ、あっ！」

綾香は嬌声《きようせい》をあげながら、がくん、がくんと腰を揺する。

康光が吐き出した肉芽をちろちろと舐めると、綾香はもうどうしていいのかわからないといった風情《ふぜい》で腰をくねらせ、ぐいぐいと擦りつけてきた。

「どうしてほしい？」

「ぁああ、ください」

「何を？」

「……意地悪。わかっているでしょ」

「わからないから訊いているんだ」

「おチンチンよ。課長のおチンチン……」

「入れてほしいの？」

「そうよ。おチンチンをわたしのなかに入れて！」

「わかった」

康光はいきりたつものを狭間に押し当てて、上下になぞる。

窪《くぼ》んでいる箇所に狙いをつけて押し進めると、怒張しきったものが蕩けた粘膜をこじ開けて、一気に奥へとすべり込んでいき、

「はぁあああああ……！」

綾香が背中をしならせて、窓をつかむ指に力を込める。

「くうぅ……」

と、康光も奥歯を食いしばっていた。

さっきより粘着感がはるかに強い。少しでもストロークしたらすぐに出してしまいそうで、動きを止めて、ぐっとこらえる。

目の前のガラスに、全裸の綾香と、背後に立っている康光の姿がさっきよりはっきりと映っていた。

「見てみなよ。立ちバックで嵌められている綾香が映っている」

言うと、綾香はちらりと見て、ガラスのなかのもうひとりの自分に目をやり、恥ずかしい、とばかりに目を伏せた。

「ほんとうは昂奮しているんだろ？　わかっているんだから」

「わたしは露出狂じゃないわ。課長が勝手にわたしをそうさせたいだけ」

「……それは違うと思うけどな」

康光は右手を前にまわし込んで、乳房をとらえる。

ガラスに映っている形のいいふくらみを揉みしだき、乳首を捏ね、また鷲づかみにして、荒々しく揉みしだきながら、後ろから強く突いた。

エレクトしきった分身が、ずこずこと雌《めす》の器官を犯して、

「あんっ、あんっ、あんっ……」

綾香がガラスに突いた指に力を込める。

康光はいったんストロークをやめて、右手で乳房を荒々しく揉みしだき、結合部を左手で触れる。

勃起が巻き込んでいるクリトリスを、かきだすようにして、指先で刺激する。

くりくりと捏ねると、

「ぁあああ……あっ、あっ……」

綾香はがくんがくんと震えて、尻を突き出してくる。

康光はくびれたウエストを両手でがっちりとつかみ寄せて、徐々に強いストロ

ークに変えていった。

「んっ、あんっ、あんっ、あんんん……！」

乳房をぶるん、ぶるるんと揺らせながら、綾香はさしせまった声をあげる。

「気持ちいい？」

「はい……」

「イッていいぞ」

「これだとイケないの。ベッドに連れていって」

綾香が振り向いて言う。

それならばと、康光はつながったまま、後ろから綾香を押していく。ふらふらと前に進む綾香をベッドにあげる際に、いったん結合を外した。

床に立って、綾香をベッドの際《きわ》に這わせる。光沢のあるヒップが悩ましい。

「もう少し、腰を低くして……」

女性器の高さを合わせて、いきりたちを押し込んでいく。

男が床に立っていると、全身が使えて、打ち込みやすい。

蜜にまみれたイチモツが濡れ溝のなかに消えていって、

「あううぅぅ……！」

綾香が顔をのけぞらせる。

康光は腰を両手でつかみ寄せて、尻の底につづけざまに屹立を打ち据えた。

「あんっ、あんっ、あんっ……！」

綾香は喘いで、背中をしならせる。

両肘をシーツに突いて尻の位置も低くし、康光の高さに合わせている。その低い女豹のポーズを綾香が取ると、ひどくいやらしい。

康光は深く突かずに、途中までの短いストロークを連続して繰り出す。

すると、亀頭冠の傘が粘膜を激しく擦りあげて、それがいいのか、

「ぁあああ、あああ……気持ちいい。蕩ける、なかが蕩けていくぅ……」

綾香がうっとりとして言う。

しばらく浅瀬への抜き差しをつづけていると、綾香の様子がさしせまったものに変わった。

それから、自ら腰をつかいはじめた。

低い姿勢のまま、腰を前後に揺らして、屹立を深いところに導いて、

「あんっ……あんっ……！」

と、甲高く喘ぐ。

自分から切っ先を深いところに当てにいっている。きっとそうしてほしいのだろう。

腰をつかんで引き寄せ、屹立を深いところへ、グイッ、グイッと押し込んでいくと、

「ぁあああ、あああ……あんっ、あんっ、あんっ！」

綾香の喘ぎが一段と高まった。

もっと綾香を感じさせたかった。

綾香の右腕を後ろに差し出させて、二の腕をつかんだ。そのまま、後ろに引っ張りながら、腰を打ち据えていく。

バスッ、バスッと突き刺さっていき、尻と下腹部がぶち当たり、怒張も深々と奥へと潜り込んでいく。切っ先が子宮口を突くたびに、綾香は激しく身悶《みもだ》えをして、凄絶な声を放った。

「……ぁあああ、課長、イクわ。わたし、またイキそう」

「いいんだよ、イッて。そうら、イクところを見せてくれ」

綾香をもっと追い込みたくなって、もう片方の腕もつかんで、後ろに引き寄せた。

「ぁあああ、これ……」

綾香は両腕をつかまれ、上体を斜めまで引きあげられて、びっくりしたように首を左右に振った。

「大丈夫だ。絶対に放さないから、俺を信じろ」

康光は両腕を引っ張りながら、屹立を叩き込んだ。

康光は床に立ち、綾香はベッドの上で上体を斜めに持ちあげられている。

一突き、一突きがダイレクトにぶつかっているという手応えがあった。

「あんっ、あんっ、あんっ……！　もう、ダメっ……イクわ。イク、イク、イク……」

綾香がぎりぎりの状態で訴えてくる。

「いいぞ、イッて……そうら、イクところを見せてくれ」

康光もスパートした。両腕を引き寄せて、ぐいっ、ぐいっ、ぐいっと連続してしゃくりあげたとき、

「あん、あん、あんっ……イクぅうううう！」

綾香は絶頂の声を噴きあげて、これ以上は無理というところまで、のけぞり返った。それから、がくん、がくんと痙攣して、どっと前に突っ伏していった。

それを追って、康光も綾香に覆いかぶさる。

息を荒らげていた綾香がわずかに身じろぎして言った。

「硬いものがまだ入っているんですけど……」

「ああ、まだまだ元気だからね。きみは気が向いたときに来て、抱いてほしいと言った。そうだね？」

綾香がうなずいた。

「今夜はきみをずっと抱いていたい気分なんだ。大丈夫、明日の仕事には間に合うように帰すから」

そう言って、康光はうつ伏せになった綾香に、覆いかぶさるように身体を密着させて、静かに腰をつかった。

寝バックでえぐりたてると、

「あっ……あっ……」

綾香の洩らす声が徐々に大きくなってきた。それを聞きながら康光は、金沢の夜をかつての部下と心から愉しもうと思った。

第四章　十八年越しの初恋成就《じょうじゅ》

1

その日、本田康光は福井県越前市にある海の見えるホテルの一室で、井口芙美子《いぐちふみこ》を待っていた。

井口芙美子は、康光が生まれて初めて真剣に恋をした女性だった。

今でも覚えているのは、富山にある康光の実家での出来事である。

高校三年生の夏、町の小さな盆踊り大会に二人は同じ卓球部の三年生とともに参加していた。卓球部の高校最後の大会はすでに終わり、あとは受験勉強に集中、という時期だった。

男女合わせて五人の三年生が浴衣《ゆかた》姿で参加して、町の広場に作られた櫓《やぐら》の周りで、踊りまくった。

富山の盆踊りといえば、『おわら風《かぜ》の盆《ぼん》』が有名だ。

康光は、編み笠で顔を隠して、越中《えっちゅう》おわら節《ぶし》に合わせた、静と動の調和した踊りが大好きだった。

いずれは、風の盆に芙美子と二人だけで行きたいと思っていた。

もちろん、町の広場で行われるのは、洗練された本格的な踊りではなく、周囲の熟練したオバサンたちの踊りを、見よう見まねでやっているだけのものだった。

盆踊りを途中で抜けた五人は、ちょうど両親が母の実家に帰省していて留守だったこともあって、康光の家にやってきた。

一階のリビングで何をするわけでもなく、部活の思い出話で五人は大いに盛りあがった。

やがてお開きとなって、帰る際に芙美子が、

『このままじゃあ悪いから、コップとか洗ってから帰るね』

と言って、彼女だけが残った。

あのときの胸の高鳴りを今も覚えている。

朝顔の柄の浴衣を着て、かわいらしい帯の後ろに団扇《うちわ》を挿《さ》した芙美子が、キッチン台の前に立って、コップやお皿を洗っている。

その後ろ姿を見て、胸がドキドキしはじめた。

つきあいはじめて、もう半年が経っていた。なのに、まだ手すら握ったことも なかった。

そろそろ身体に触れていい頃だ。それに、芙美子は今夜、康光の家人《かじん》が帰らないことを知っていて、わざわざ残ってくれたのだ。

（いいんだ。触っていいんだ。いや、むしろ何もしないほうがおかしい。芙美子の期待に応えるなら、そうすべきだ）

芙美子は長い髪をシニョンにまとめて、赤いリボンで留めていた。

浴衣の袖をたくしあげて洗い物をする芙美子は、めちゃくちゃかわいかった。

康光は一歩、また一歩と芙美子に近づく。

距離を詰めるにつれて、緊張で体が震え、心臓がばくばくして破裂しそうだった。

真後ろについて、そっと浴衣姿を抱きしめた。

すると、芙美子はまるでそれを待っていたかのように、前にまわされた康光の腕をつかみ、後ろに凭《もた》れてきた。

髪のいい匂いがした。

まわし込んだ指に、とても柔らかなふくらみが触れ、康光は昂奮しすぎて、どうしていいのかわからなくなった。

そのままじっとしていた。すると、芙美子は濡れている手をタオルで拭き、振り返って、康光をじっと見た。

長い睫毛《まつげ》に見とれていると、芙美子が目を閉じた。

何を期待しているのか理解して、康光は唇を合わせにいった。

中学生のときに、上級生の片山志穂と初めて体験して以来の、康光にとって人生二度目のキスだった。

キスなんてどうしたらいいのか、まるでわかっていなかった。

ただ唇を合わせてがくがく震えていると、芙美子がキスはこうするのだとばかりに、チュッ、チュッとついばむように唇を重ねてきた。

そのとき、康光が着ていた浴衣の前を勃起《ぼっき》したイチモツが力強く持ちあげた。

簡単にエレクトしたのを覚《さと》られないように、康光は腰を引いた。

(キスをしてから、どうすればいいんだ?)

そう思ったことを、十八年経った今でもはっきりと覚えている。

芙美子もおそらく処女だった。だから、キスをした後、どう導いていいのか、わかっていないようだった。

今にして思えば、童貞とバージンのセックスほど困難なものはなく、初体験が上手くいくはずもなかっただろう。

しかし、恥をかくことを覚悟で、思い切って芙美子を自分の部屋に連れていけばよかった。

あのとき、康光はためらってしまった。

思い切りの悪い男に天罰がくだったのかもしれない。最悪のタイミングで家の電話が鳴ったのだ。

りりりん、りりりりん――。

けたたましく鳴り響いた電話のコール音で、昂《たかぶ》った二人の気持ちは一気に醒めた。

『出たほうがいいよ』

芙美子に言われて、康光が受話器を取ると、母の声が聞こえた。

今夜は盆踊り大会だから、羽目を外しているのではないかと心配していたが、ちゃんと帰っているので安心した――という、たわい無い内容だった。

そんなことで、電話なんかするなよと内心怒りながら、康光はすぐに電話を切った。

が、すでに、芙美子は身支度をととのえて、

『今日は帰るね。すごく愉《たの》しかった』

そう言って、康光の止《とど》める手を振り払うようにして、帰っていった。

あの日は、二人が肉体的に結ばれる最大のチャンスだった。

それから、何度かデートをしたものの、いざとなるとお互いに腰が引けてしまい、なかなか一歩踏み込むことができなかった。

康光は東京の大学へ、芙美子は富山県内の大学に進学が決まり、遠距離恋愛をつづけられるだろうかという不安が先立ってしまい、二人は卒業式という絶好の機会をも逃がしてしまった。

大学進学で生活圏がまったく異なるようになってからも、一年間は連絡を取りあっていたし、帰郷したときはデートもした。

だが、大学二年のときに、ガールフレンドができて、彼女相手に童貞を卒業した。

康光は、これ以上、芙美子と恋人として連絡を取りあうことは不誠実だと思い、最後は、

『ゴメン。好きな女ができた』

　と、打ち明けて、二人は別れた。

　その後だいぶ経って、富山に帰郷したとき、芙美子が二十七歳で結婚したという話を聞いた。

　驚いたのは、結婚相手が福井県で越前焼《えちぜんやき》の窯《かま》を持ち、陶器を焼いている陶工だったことだ。

　そして、彼女のあとを追うように、二十八歳で康光も結婚した。

　康光は二年前に離婚をした。そして昨年、高校の同窓会で久しぶりに芙美子と顔を合わせた。

　芙美子は早生まれで、昨年のお盆の時期に行われた同窓会の時は、まだ三十四歳だった。

　一目見て、いっそうきれいになったと感じた。

　その前に夏祭りで偶然出会ったのが、大学四年のときだったから、十三年経っていた。

　不思議に感じたのは、芙美子が痩《や》せていたことだ。

　普通は中年太りして、ふくよかになってもいい時期だ。しかし、芙美子の頬《ほお》はこけて、人生の疲れのようなものが感じられた。

そして、その隠しても隠しきれない窶《やつ》れが、美人であるがゆえに、かえって何か魅惑的な色気を生みだしているのだった。

富山駅付近の会場で行われた同窓会が終わり、芙美子と二人で二次会に出かけた。

そこで、康光は一年前に離婚したことを告げると、じつは芙美子も今、別居状態にあるのだと打ち明けてくれた。

聞いていたとおり、芙美子は二十七歳のときに、越前焼の陶工と結婚して、今は越前市に住んでいる。

夫は北山竜一《きたやまりゅういち》といって、まだ三十八歳と若い。

だが、才能とやる気にあふれていて、これからの越前焼を背負《しょ》って立つ陶工として嘱望《しょくぼう》されているらしい。

芙美子も彼の焼いた、素朴でシンプルな作りの甕《かめ》に一目惚れして、その作家である北山竜一に逢わせてもらい、その瞬間、恋に落ちたのだという。

『ぶっきらぼうなんだけど、信念が感じられて……それに、それなりのイケメンだったのよ』

彼を語るときの芙美子は、晴れやかな表情をしていた。

ほんとうに北山のことが好きだったのだと思った。

つきあいはじめて半年で結婚して、窯の近くに居を構えて、すぐに女の子が産まれた。

北山の仕事も順調で、娘もすくすく育ち、何も問題はなかった。

ところが、少し前から、夫が自宅に戻らなくなった。

しばらくしてその理由がわかった。じつは、夫に愛人ができて、彼女のところに泊まっているのだという。

その彼女はじつは北山の弟子であり、年齢は二十三歳と若く、いかにも勝気そうな面立《おもだ》ちの美人なうえ、すぐれた才能の持ち主らしい。

『戻ってきてほしかった。でも、わたしは彼を追い出したの。もう帰ってこなくていいって……そうしたら、北山は免罪符でももらったように、まったく家に立ち寄らなくなった。だから、わたしどうしていいのかわからなくて……』

そう言って、芙美子はさめざめと泣いた。

目の前で泣く初恋の人を見て、康光は抱きたいと思った。黒髪を撫《な》で、キスをして、ひとつにつながりたかった。

芙美子もそれを望んでいるような気がした。

だから、肩に手を置いて、抱き寄せた。

だが、芙美子は『ゴメンなさい』と、康光の手をそっと外した。

そして、こう言った。

『今、あなたに抱かれたら、わたしはきっとあなた以外のことは考えられなくなる。もう少し待って……わたしの気持ちが固まるまで』

だから、康光は何もせずに、芙美子を自宅に帰した。

その後で、康光は大事故に巻き込まれて、重傷を負い、しばらくは回復に専念せざるを得なかった。

そして今、康光は抱けなかった女を求めて、旅に出ている。

その旅も、今回で終わる。

芙美子は初恋の相手で、旅の目的の大本命である。そして、今回の終着駅になるはずだった。

金沢から、芙美子に連絡を取り、今日逢いにいくからと、このホテルで待ち合わせた。

外で逢っては怪しまれる。だから、チェックインして部屋番号を教えた。

予定の時間より、一時間遅れている。

（来ないのか……？）

疑心暗鬼に駆られたときに、ドアをノックする音が響いた。

（来た……！）

急いで、ドアを開けると、芙美子が立っていた。

黒いダウンの暖かそうなロングコートを着て、黒い毛糸の帽子をかぶっていた。

帽子から出たストレートロングの黒髪が肩に散って、細面《ほそおもて》だが目のぱっちりとした顔で、康光を不安そうに見つめている。

（ああ、やっぱり、俺はこの人が好きなんだな）

自分の気持ちに確信が持てた。

「来てくれて、ありがとう。入って」

嬉々《きき》として、芙美子を迎え入れる。

脱いだ帽子を手に持って、芙美子は窓のほうに歩み寄り、前で立ち止まって、外を見る。

窓からは、どんよりと曇った冬の空と、水平線までつづく日本海が見える。

「きみには見慣れた風景だろう」

後ろから声をかける。

「そうでもないわよ。海には波があるし、空には雲がある。波も雲もつねに変化しつづけている。同じ波も同じ雲もないわ。瞬間、瞬間で変わっていて、二度と同じ風景はない。だから、海も空も飽きることがないのよ」

芙美子がそう言った。

「確かに……陶器を焼くときもそうなんだろうな?」

「そうね」

「コートを脱いだら?」

「ありがとう。でも、いいわ。すぐに帰るから」

「……帰るのか?」

「娘がひとりだから」

「何歳?」

「六歳。小学校にあがったところ」

「そうか……なら、しょうがないな」

康光は落ち込みそうになる気持ちを必死に抑えた。芙美子の意思ではない、娘のために帰ろうとしているのだ。まだ可能性はある。

「別居のほうはまだつづいているのか？」

「ええ……状況は変わらない。北山はもう何カ月も家に帰っていないの」

芙美子が唇を嚙《か》む。

「娘さんはどうなの？」

「……パパはお仕事が忙しくて、帰れないと言ってある。娘は逢いたいときは、窯のほうに行ってるわ。北山は工房にいるから」

複雑なところでバランスが取れているようだ。しかし、問題はその北山が夢中になっている女だ。思い切って、言った。

「きみは、亭主が弟子の彼女と別れるのを待っているのかな？」

「……自分でもよくわからない。もしかしたら、そうかもしれない」

「だけど、彼女が弟子として成長していったら、二人の関係は切れるどころか、ますます強くなるんじゃないか？」

心の底に秘めていた考えを伝えると、芙美子も同じことを考えていたのか、ぎゅっと強く唇を嚙みしめた。

「そうなったら、もっと取り返しがつかないことになる。自分が惨《みじ》めになる。きみのそういう姿は見たくない」

「だったら、どうしろと言うの。わたしに何ができるの。教えてよ！」

珍しく、芙美子が感情をあらわにした。

「俺と一緒になればいい」

きっぱり言うと、芙美子の表情が変わった。

「本気で言っているの？」

「もちろん」

「わたしだけじゃないのよ。娘も一緒なのよ」

「ちょうどいい。俺には子供がいない。きみの娘なら、絶対にかわいがれる自信がある。俺はE商事の課長だし、二人を養っていく経済力もある。きみたちだって、もしよければだけど、東京に来たらいい。娘さんだって、きちんと伝えればわかってくれるさ。とにかく、きみはもうそんな男とは別れたほうがいい。自分にプライドを持ちなよ」

芙美子は引き締まった表情になった。

康光は最後の賭けに出た。

「じつは、きみと二泊三日で能登《のと》半島を巡る旅を考えている。三日後だ。金沢駅を出発して、一日目は和倉《わくら》温泉、二日目はよしが浦《うら》温泉に泊まる。もう、宿も押さえてある。きみのために考えたんだ」

　一気に言うと、

「信じられない……わたしにいっさい相談もなしに、そんな旅を……！　もしわたしに何か外せない予定が入っていたら、どうするつもりだったの？　それに、娘を置いていくのなんて無理よ、そんな……」

　芙美子が首を大きく左右に振った。

「わかってる。だけど、そうでもしないと、きみは日常を引きずったままで、客観的に自分の置かれている立場を理解することもできない。だけど、旅に出たら、きっと違う。自分を省《かえり》みることができるはずだ。だから、頼むよ」

　康光は、テーブルの上に用意してあった旅の行程を記した紙を取って、芙美子に渡した。

「ここにすべて書いてある。とにかく、そこに書いてある時間に、俺は金沢駅の五番線のホームで待っている。もしきみが姿を見せなかったら、その段階で俺はすべてを諦める」

　きっぱりと言った。

「俺が言いたいのはそれだけだ。帰りなよ、娘さんが待ってる」

芙美子はしばらくその行程表を見ていたが、やがて、顔をあげて言った。

「こんなに急に言われても困るわ。期待しないでね」

「わかった。たとえ来なくても、それで俺がきみを恨むことはない」

芙美子はうなずいて、部屋を出ていった。

2

三日後の午後一時五十分、康光は金沢駅五番線のプラットホームで、芙美子が現れるのを待っていた。

すでに、ホームにはここが始発になる特急『能登かがり火《び》』が停まっていて、二時ジャストには出発する。

あと十分しかない。

(やっぱり来ないのか……無理難題を押しつけてしまったな。こうなったら、ひとりで行くしかないか)

諦めかけたとき、車輪のついたスーツケースを引き、ホーム上を転がしながら、急ぎ足で向かってくる女性の姿があった。

（芙美子……！　来てくれたのか）

嬉しさのあまり、大きく手を振った。

芙美子は康光にぶつかりそうな距離まできて、

「ゴメンなさい。ぎりぎりになってしまって」

頭をさげた。

芙美子は白のワンピースにクリーム色のコートをはおっていた。長い髪が風に煽《あお》られて、顔に張りつく。

「ありがとう、来てくれて……乗ろう。指定席を取ってある」

康光が乗り込んで、後ろから芙美子がついてくる。

座席に腰をおろした途端に、張りつめていたものがゆるんで、ほっと一息をつく。

電車が駅を離れると、いよいよ二人で旅ができるのだという実感が湧《わ》いてきて、心が弾《はず》んだ。

「……娘さんは大丈夫だった？」

気になっていたことを訊《き》いた。

「ええ……富山の母に預けてきたの。明後日の月曜も登校できるように頼んできたわ」

「やっぱり、ご主人はダメだったんだ」

「もともと頼んでいないわ。こちらの腹をさぐられるのもいやでしょ」

「そうだな」

二人の仲はそれほどまでになってしまったのだ。

「……この間の話も考えてくれたんだね？」

「まだ、はっきりとは決めていない……でも、来たの」

そう言って、芙美子は康光の腕にぎゅっとしがみつき、身を寄せて、顔を肩に預けた。

（そうか……急な話なので無理もないな……）

芙美子にしたらそうやすやすと決められる問題ではない。だが、とにかく芙美子は、康光が提案した能登半島への二人の旅には同意して、この場に来た。今後、事と次第によっては、まだ可能性がある。

それに……二人での旅を承諾したのだから、当然、康光に抱かれることを認めているのだ。

（そうか。俺はようやくこの人を抱けるのか……）

あの盆踊りの夜に置き忘れてしまったとても重要なものを、ようやく取り戻すことができる。

（だが、まだわからない。これまでもいざとなったら邪魔が入り、結ばれなかった。警戒しなければいけない。たとえば……北山が芙美子を取り戻しにくるかもしれない）

だが、そう悲観的なことばかりを考えても仕方ない。

「いろいろあると思うけど、とにかくこの旅を満喫しよう。きみも、ご主人や娘さんのことをすべて忘れてほしい」

そう言って手を取ると、芙美子もぎゅっと握りかえしてくる。

長いストレートの髪がさらさらと音を立てるように枝垂《しだ》れ落ちる。

腕に押しつけられているワンピースの胸のふくらみはたわわで、その豊かな感触が康光を夢見心地に誘う。

芙美子はしばらくその状態で、無言のままでいた。

疲れているのだ。娘がいるのに、夫は家に寄りつかなくて、若い愛人のもとにいる……不安な毎日が彼女を心身ともに追い込んでいるのだろう。

芙美子は昔から、プライドの高い女だった。その芙美子が現在の屈辱的な状態に甘んじていることが信じられない。

裏を返せば、それだけ北山に惚れているのか——。

信念を持った男はモテる。

(それに較べると俺は……)

いや、信念を持てばいいのだ。

(俺は死を前にして変わった。今は自分で価値判断をして行動している。だから、こうやって芙美子を迎えにきたのだ)

芙美子の手をぎゅっと握りしめた。

やがて、これまでの疲れが出たのだろう、芙美子がうつらうつらしはじめた。これはつまり、自分に気を許してくれていることの証《あかし》でもある。

すぐに、芙美子の穏やかな寝息が聞こえてきた。


一時間後、二人は終着駅である和倉温泉駅に降り立った。

迎えのバスに乗って、温泉ホテルT屋に到着した。

能登半島の付け根の東側にあって歴史もある和倉温泉は、波の静かな七尾湾《ななおわん》沿いにあるせいか、昔からやや高級リゾート的な温泉郷だった。今は、施設やサービスが充実して日本一の旅館とも言われる加賀屋があるところとして、広く知られるようになった。

T屋は繁華街から少し西側に外れたところにあり、全体に落ち着いた雰囲気のある大人の旅館だった。

康光がここを選んだのは、ゆっくりと二人で海に沈みゆく夕日を見たかったからだ。建物が西を向いているから、夕日がよく見えるのだ。

海に面した貸切風呂があって、そこに二人で入ることができたら、とも考えていた。

案内された部屋はひろびろとした和室とベッドの置かれた洋間で、広縁には海が望めるように応接セットが置いてあった。

部屋の説明を終えた仲居《なかい》が去り、二人きりになると、お互いに意識しすぎて、ぎくしゃくした。

「お茶を淹《い》れましょうか」

芙美子が言って、康光がうなずく。

「二時間後にサンセットだけど、どうする？」

「これからお風呂に入って、出てから部屋で見ましょうか。ここからなら、きれいな夕日が見えると、仲居さんが……」

「ああ、そうだな。そうしようか」

「サンセットを見て寛《くつろ》いでから、夕食にしましょうよ」

芙美子がお茶を淹れながら言う。

昔から、二人でいるときは、芙美子が物事を決めることが多かった。あれから、十八年も経っているのに、それは変わっていない。

お茶を啜《すす》ってから、二人は風呂に向かう。

男湯は海に面していて、広々としていた。露天風呂も海に接していて、ここからでも夕日を見られそうだった。だが、二人で来ているのだ。どこで見るかより、二人で見ることのほうが大切だった。

七尾湾の穏やかな海を眺めながら、ゆったりと温泉につかった後、長い廊下を歩いて、部屋に帰った。

しばらくして、芙美子も戻ってきた。

芙美子は浴衣《ゆかた》に袢纏《はんてん》をまとって、髪を後ろで結《ゆ》っていた。うなじがあらわになって、清楚《せいそ》でいながらも艶《つや》っぽい色気が滲《にじ》んでいる。

日没の時間になって、二人はベランダに出た。

島と陸地の間の水平線に、真っ赤な火の玉が落ちていき、そのとき、低く垂れ込めた雲を美しい茜色《あかねいろ》に染め、西方浄土《さいほうじようど》ともいわれる夕景が出現する。

朱色《しゆいろ》の光が海に落ちて、一条の光が二人に向かってまっすぐに伸びていた。

「きれい……！」

隣で芙美子が言った。

「ああ、きれいだ……」

「わたし、最近、ゆっくりと夕日を見たことなんて、なかったわ」

芙美子が目を細めた。

「いろいろと大変だったからな……でも、今日はすべてを忘れてほしい」

そう言って、芙美子の後ろにまわった。

浴衣に袢纏をはおった後ろ姿を抱きしめようとした。

だが、なぜか体が動かない。

他の女性相手だとためらわずできるのに、芙美子を前にすると体が言うことを聞かない。

（ダメだ、何をしているんだ。今がチャンスじゃないか。やれ、やるんだ！）

必死に自分を叱咤《しつた》する。

（やれ！）

ためらっている間にも、真っ赤な太陽がすでに半分近く水平線の向こうに没している。

ここまできたら、完全に沈むまであっという間だろう。

見えない縄で縛られているようだった。その縄をやっとのことで振りほどき、後ろから芙美子を抱きしめた。

びくっと震えて、芙美子はうつむいた。

「好きだ。ずっと好きだった」

耳元で囁《ささや》きながら、腕に力をこめる。芙美子は黙ったまま、じっとしている。

「好きだ」

もう一度言って、芙美子をこちらに向かせた。向かい合う形で顔を挟むようにして、唇を寄せた。

芙美子が目を閉じた。

唇を重ねていくと、身を預けるようにして、唇をゆだねてきた。

彼女も自分を求めていたのだ。

康光は芙美子の顔を抱き寄せ、唇を重ねる。

十八年ぶりの芙美子とのキスだった。

その長い年月の二人の体験と出来事が、一挙に押し寄せてきた。

濡れた唇が心地よく、唇を合わせているうちに、甘美な気持ちよさが全身にひろがって、下腹部が力を漲《みなぎ》らせた。

その力強い勃起《ぼっき》が康光をオスにさせる。

徐々に強く唇を合わせるうちに、芙美子も情熱的に唇を押しつけ、舌をからませてくる。

その堰《せき》が切れたような激しいキスが、芙美子がずっと抱えている苦しい思いを伝えてきた。

康光はいったん唇を離し、またすぐに合わせる。

角度を変えて、チュッ、チュッとついばんだ。

二人は互いに見つめる。

芙美子がはにかんだ。それからまたすぐに真剣な表情になって、顔を傾けながら唇を寄せてくる。

舌をからめあい、ねぶりあい、これ以上は無理というところまで、ぎゅっとお互いを抱きしめた。

股間のものが力を漲らせる。それを感じたようで、芙美子が唇を離して、康光を見つめた。

浴衣の股間にそっと手を添えて、

「硬くなっているね」

はにかんだ。

「ずっとこうしたかったんだ。あの盆踊りの夜、俺は意気地がなかった。それをずっと悔やんでいた。もう後悔したくはない。だから……」

芙美子がまたキスをしてきた。唇を合わせながら、浴衣越しに分身をさすってくる。

（ああ、俺はこれを待っていた……！）

舌と舌がからみ、股間を情感たっぷりになぞられると、康光は一気に至福へと押しあげられる。

「部屋に入ろうか……もう、太陽も沈んだ」

はるか彼方《かなた》の海を見ると、真っ赤な夕日は水平線に完全に隠れていたが、浄土を思わせる紫色の残照だけが周囲を不気味な色に染めていた。

日暮れの海をちらりと見た芙美子がうなずき、二人は部屋に入る。

3

洋間には二つのベッドが置いてある。窓に近いほうのベッドに芙美子を座らせ、袢纏を脱がせた。

康光は自分も袢纏を脱ぎ、髪をほどいた芙美子をそっと寝かせる。

唇を重ね、キスを首すじへとおろしていく。

ほっそりとした首すじにチュッ、チュッと唇を押しつけ、そのまま衿元《えりもと》へとキスを移すと、

「あっ……！」

芙美子がびくっとして、顔をのけぞらせる。

キスをしながら、浴衣越しに胸のふくらみを揉《も》みしだくと、ノーブラの乳房の感触があって、

「ああああぅぅ……」

芙美子が顎《あご》をせりあげて、喘《あえ》いだ。その官能的な響きが、康光を震えさせる。

浴衣の衿元に顔を埋めて、胸の谷間を舐《な》めると、

「ああ、いやっ……」

芙美子が顔を左右に振る。

芙美子に「いや」と言われると、なぜか心が躍った。

「脱がすよ」

浴衣の衿に手をかけて、ひろげながら押しさげる。すると、浴衣から肩が抜けて、さらに、もろ肌脱ぎになる。

こぼれでた乳房は想像以上にたわわで、直線的な上の斜面を下側の充実したふくらみが押しあげていた。

青い血管が透《す》け出るほどに薄く張りつめて、中心より少し上に濃いピンクの乳首がせりだしている。

硬貨大の乳輪から、二段式にせりだした乳首は子供が吸ったとは思えないほどに清新で、硬くせりだしていた。

「恥《は》ずかしいわ。娘に授乳したから、乳首が大きいでしょ？」

芙美子が羞恥《しゅうち》をのぞかせる。

「いや、大きくないよ。バランスが取れている。それに、すごくきれいな胸だ。色が白くて、血管が透け出している。形も素晴らしい」

「……お世辞はいいよ」

「いや、お世辞じゃない。ほんとうにきれいで、エロいよ」

そう言って、康光はそっと乳首に唇をかぶせる。

チュッ、チュッとキスをすると、

「あっ……あっ……」

芙美子はあえかな声を洩《も》らして、右手を口に持っていき、人差し指の背を噛《か》んだ。

その姿が悩ましかった。

「芙美子は、想像以上に色っぽいな。失敗したよ。もっと早く、こうするべきだった」

冗談まじりに言う。

「……あの頃、ずっと康光が来てくれるのを待っていたわ」

「ゴメン。俺に一歩踏み出す勇気がなかった。童貞だったしね」

「わたしだってバージンだった。格好をつけてる場合じゃなかったのよ」

「そうだ……俺は恥をかきたくなかった。意気地がなかったんだ……でも、まだ遅くはない。そう思いたい」

康光は美しい乳房を慈《いつく》しむように撫《な》で、感触を確かめながら揉みしだき、そして、指を這《は》わせていく。

最初は焦《じ》らすように裾野《すその》から撫でまわし、丸々としたふくらみを内側へとなぞりまわした。

指が中心に向かうにつれて、芙美子の表情が変わった。つまみだした乳首をぺろりと舐めると、

「はうっ……！」

と喘いで、すぐに、あらわな声をあげてしまったことを恥じるように人差し指の背を噛む。

総じて女性は乳首が敏感だが、芙美子はとくにそうだった。

赤ん坊に授乳すると、あれだけオッパイを吸われるわけだから、鈍感にならざるをえないだろう。しかし、芙美子は違った。

打てば響くという様子で、「あっ……あっ……」と鋭く反応して、びくっ、びくっと身体を痙攣《けいれん》させる。

とくに吸われると、弱いようだった。

「はうぅぅんん……」

と、のけぞって、もっとどばかりに胸の先を押しつけてくる。

片方の乳首を吸いながら、もう一方の突起を指で転がした。

濃いピンクの乳首はますます硬くしこって、あからさまにせりだし、存在感を増す。

丹念《たんねん》に愛撫《あいぶ》をした。

尖《とが》った乳首は唾液《だえき》で濡れて、ぬらぬらと光り、その感受性が増した突起を上下に舌でなぞり、左右に弾《はじ》く。

もう一方の乳首も指でつまんで、転がしながら、トントンと頂上を叩く。

それを繰り返していると、

「ぁあああ、あああ……」

芙美子はもうどうしていいのかわからないといった様子で、顎を高々とせりあげ、のけぞりながら、曲げた人差し指を嚙む。

いつの間にか、両手があがり、腋《わき》の下が丸見えだった。

まるで、舐めてとでも訴えかけているようだ。

康光は乳房から腋へと顔をずらし、腋の下にキスをする。きれいに剃毛《ていもう》された悩ましい腋の中心に、チュッ、チュッとキスを浴びせると、

「あんっ……ダメよ」

芙美子が腋を締める。

「ゴメン。ここが好きなんだ。どうしてだろう、きみの腋の下を見ると、かわいがりたくなる。いいだろ？」

訊いても、芙美子は答えない。

それをイエスと受け取って、舐めた。

温泉が塩分を含んだ塩化物泉《えんかぶつせん》ということもあってか、そこは明らかにしょっぱかった。

腋の下から二の腕にかけて、ツーッと舐めあげる。贅肉《ぜいにく》のついた二の腕の感触がぷるるんとして気持ちいい。

「ダメよ。くすぐったい」

「今に良くなるよ」

柔らかな肌に舌をゆっくりと往復させていると、芙美子の気配が変わった。

「ぁあああん、いやよ……ぁあああうぅ」

くすぐったいと言っていたのに、一転して顔をのけぞらせ、気持ち良さそうな声をあげる。

芙美子はいつの間にか頭上で両手をつないでいた。

右手で左の手首を握って、左右の腋の下をあらわにし、

「ぁあああ、あああああ……」

と、心からの悦《よろこ》びの声をあげる。

普通、自分で手首をつかんで、腋窩《えきか》をさらしたりしないだろう。おそらく芙美子は無意識にしている。それはつまり、芙美子の有する性癖《せいへき》のようなものが出ているということだ。

それを頭に刻《きざ》んで、腕を舐めあげていき、指を口に含んだ。

人差し指と中指の二本を頬張《ほおば》って、舌をからみつかせる。

「ぁあああ、ダメっ……そんなことしちゃダメっ……ぁあああ、ぅうう」

そう言いながらも、芙美子は眉根《まゆね》をひろげてうっとりとした顔をする。

康光は二本の指を頬張って、フェラチオするように唇をすべらせ、舌をからませる。

すると、芙美子は「ぁあああ、はうぅぅ」と顎をせりあげて、横を向いた。

おそらく芙美子は、康光が考えていた以上に、様々な性的な趣向を持っている。

それが陶工という、アーティストであり職人である夫によって開発されたもの

なのかどうかはわからない。だが、そこに北山という夫の存在を感じる。

複雑な思いを抱きながらも、たとえそれがどんな形であろうとも、愛する女が性的な豊穣《ほうじょう》さを秘めていることに、気持ちも体も昂ぶった。

指を吐き出し、また二の腕から腋へと舐めおろした。そのまま下へと舌をおろしていき、脇腹をなぞる。

ここも感じるようで、

「はぁあああ……！」

芙美子は激しく息を吸い込み、のけぞった。

美肌の湯につかって、いっそうなめらかになった肌が、いっせいに粟立《あわだ》ち、肌に粒々が浮かんだ。

康光はそのまま脇腹から腹部へと舌を移していく。

腰にまとわりついていた浴衣をひろげて、前身頃《まえみごろ》を割ると、芙美子は下着をつけておらず、長方形にととのえた恥毛があらわになった。

「ああ、いやっ……」

芙美子がそこを手で隠した。その手を外して、康光は下腹部に顔を寄せる。

ビロードのような光沢を放つ繊毛《せんもう》の流れ込むあたりに、愛する女の楚々《そそ》とした花弁が息づいていた。

美しい女の花園だった。

左右の肉びらは、ふっくらしているがきれいに開き、内部の鮮紅色をのぞかせている。入り組んだ花園はすでにおびただしい蜜で妖《あや》しくぬめ光っていた。

あまりにもととのっていて、ここから赤ん坊が出てきたなどとは想像すらできない。

「いや、あまり見ないで……」

「ゴメン。すごくきれいだから……」

「最近、使っていないからだわ、きっと……」

芙美子が恥ずかしそうに言った。

「……そうか」

夫はもう何カ月も家に帰っていないというから、それも当然だろうが、抱かれていないという事実を本人から聞かされると、どこか、安心したような気持ちになってしまう。

片方の足をつかみ、もう一方の足を開かせて、康光はクンニの体勢を取る。ぐっと姿勢を低くして、肉びらの狭間《はざま》に舌を走らせると、ぬるぬるっとすべってい

き、

「はうぅぅぅ……！」

芙美子がぐーんと下腹部をせりあげて、もっととばかりに擦《こす》りつけてくる。

そのあからさまな反応で、芙美子がいかに求めているかがわかって、股間のものが激しく頭を振った。

夢中で舐めた。

最愛の女の花園はとても感受性が豊かで、どこを舐めても反応する。舌を這わせるにつれて潤《うるお》いが増し、身体のそこかしこが面白いように撥《は》ねた。

長い切れ目の上端で、ぽつんとした突起が飛び出している。

狭間の粘膜を舐めあげていき、その勢いのまま、ピンと撥ねた。

「くっ……！」

芙美子がのけぞった。

顔を寄せ、クリトリスの包皮を指で引っぱりあげて剝《む》き、あらわになった肉の真珠に舌を這わせた。

明らかにそれとわかるほどに硬くなった宝玉《ほうぎょく》をゆっくりと舐めあげ、さらに、横に弾いた。れろれろれろっと左右に撥ねると、それが感じるのか、

「はぁあああぁぁ……いいの、いいの……おかしくなる。おかしくなるぅ……あうぅ」


芙美子は両手でシーツを掻きむしって、顔をのけぞらせた。

やはり、ここがいちばんの性感帯なのだ。

反応を見ながら、つづけざまに宝玉を舌で刺激すると、

「ぁあああ、あああ……康光、康光……」

芙美子がのけぞりながら、名前を呼んだ。

「どうした？」

口を陰毛に接したまま訊く。

「……ううん、何でもない」

「いいから、言えよ」

「欲しい……欲しいよ」

芙美子が今にも泣きださんばかりの顔で、せがんでくる。

「何が欲しいの？」

「……あれ。康光のあれ……」

「それでは、わからない。はっきりと言ってくれないと」

「おチンチンよ。康光のおチンチン……」

　そう口にして、芙美子が頬を赤らめた。

「ずっと、その言葉を待っていた。どんなときでも、はっきりとそう言ってくれたら、俺は絶対にしていた」

　そう言って、康光は立ちあがった。

「もちろん、女性が言える言葉ではないよ。あのときは……だから、俺の意気地がなかったんだ……あの、してくれないか？」

　康光は浴衣を脱いで、いきりたっている肉の塔を突きつける。

「何をしてほしいの。言わないと、わからないわ」

　今度は、芙美子が逆襲してきた。

「フェ、フェラチオしてほしい」

「どのくらいしてほしい？」

「ものすごくだ。芙美子にフェラしてもらったら、死んでもいい。そのくらい、してほしい」

「……わかった。でも、ずっとやっていないから、多分、上手くないよ」

「上手い下手の問題じゃない。きみにしてもらうことが大切なんだ」

きっぱり言うと、芙美子は浴衣を脱いで、一糸《いっし》まとわぬ姿になった。

バランスのいいプロポーションをしていた。

適度に肉が乗って、柔らかな曲線がその肢体《したい》を包んでいる。乳房はたわわで、尻も張りつめていた。

三十の半ばというのは、女性として脂の乗りきった最高の年齢なのではないだろうか――。

芙美子は前に座り、正座の姿勢から腰をあげた。

陰毛を突いてそそりたっているものをそっと握り、見あげてきた。

ストレートロングのつやつやとした髪をかきあげて、じっと見あげ、目を合わせてくる。

すぐに目を伏せて、亀頭部《きとうぶ》にチュッ、チュッとキスをする。

それから、顔を横向けて、いきりたつものの側面に唇を擦《こす》りつけ、スーッ、スーッと横にすべらせる。そうしながら、黒髪をかきあげて、大きな目で見あげてくる。

顔を横に打ち振った芙美子は、今度は下から舐めあげてきた。

いきりたつものを腹に押しつけて、裏筋をツーッと舐めあげる。それを何度も繰り返されると、イチモツに一本芯が通った。

よく動く舌が這いあがってきて、そのまま上から肉柱に唇をかぶせられる。

芙美子は途中までのストロークを繰り返しながら、康光の太腿《ふともも》を撫でてきた。

その巧みな口唇《こうしん》愛撫に、康光は桃源郷《とうげんきょう》へと連れ去られていく。

「ぁあああ、気持ちいいよ。知らなかった。きみがこんなに上手だとは……これでしばらくぶりというなら、きみは……ぁああ、よせ」

康光は、くっと奥歯を噛んだ。

芙美子が急にストロークのピッチをあげたのだ。つづけざまに素早く唇を往復されると、ジーンとした痺《しび》れにも似た快感がうねりあがってきた。

「んっ、んっ、んっ……」

芙美子は連続して顔を打ち振って、分身を追い込んでくる。

「ぁあああ、おおお、よせ。出る！」

ぎりぎりで訴えると、芙美子はそこで動きを止めて、今度は静かに根元まで頬張ってきた。

陰毛に唇が接するまで深く咥《くわ》えて、そこで、大きく息をする。

喉《のど》の奥まで迎え入れたときさえも、舌をつかう。

肉片がぬらり、ぬらりと裏側から肉茎にまとわりついてくる。

「おおぅ、すごい！」

思わず言うと、芙美子はもっとできるとばかりに、顔を振りはじめた。

適度な圧力で唇が覆《おお》ってくる。唾液まみれでいっそうすべりのよくなった唇がこれしかないという速度で表面を往復する。

「ぁあああ、あああ……気持ちいい。最高だ。あああ、蕩《とろ》けていく」

康光はもたらされる歓喜に酔った。

ただ唇を往復されるだけで、こんなに気持ちがいいのは、それをしているのが芙美子だからだ。初恋の相手でありながらも、今も愛している女だからに違いない。

ちゅるっと吐き出して、芙美子は肉棹《にくざお》を握り、ゆっくりとしごきながら、康光を見あげてきた。邪魔な黒髪をかきあげて、頭部の裏にちろちろと舌を走らせつつも、康光を潤《うる》んだ瞳で見あげる。

それからまた唇をかぶせて、根元に指をまわした。

ゆっくりと唇を往復させ、それと同じリズムで根元を握りしごく。

「んっ、んっ、んっ……！」

力強くしごかれると、もう抑えられなくなった。

「芙美子、きみが欲しい」

訴えると、芙美子はちゅるっと肉棹を吐き出した。

4

ベッドに仰向《あおむ》けに寝た芙美子の両膝をすくいあげた。

漆黒《しっこく》の翳《かげ》りの底に、女の証が息づいている。芙美子は恥ずかしそうに顔をそむけていた。

愛する女の表情を目に焼きつけながら、怒張《どちょう》しきったものを濡れ溝に擦りつけた。

ぬるっ、ぬるっと頭部がすべって、

「ぁあああ……」

芙美子がすっきりした眉を八の字に折る。その悩ましい顔を見ながら、ぬかるみに切っ先を沈めていく。

そぼ濡れた花芯を亀頭部がひろげ、そのまま体重をかけると、切っ先がとても窮屈なところを押し広げていく確かな感触があって、

「はうぅぅぅ……！」

芙美子が顎を思い切りせりあげた。

「くぅぅぅ……」

と、康光も動きを止めた。

熱いと感じるほどの粘膜がざわめきながら、侵入者にからみついてくる。内へ内へと引き込むようなうごめきに、康光も奥歯を食いしばってこらえた。

（ああ、俺はついに芙美子とひとつになった……十八年越しに願いを叶えたのだ）

熱い達成感が胸に込みあげてきた。

（やったー！　俺はとうとう……）

もったいなくて、ピストンもできなかった。今はただこうして、芙美子のオマ×コを味わっていたい。

「ぁああぁ、康光、来て。抱いて」

芙美子が求めてきた。

康光は膝を放して、覆いかぶさっていく。

女体を抱きしめて、唇を重ねていく。

すると、芙美子もそれに応えて唇を強く押しつけて、康光の背中をぎゅっと抱き寄せる。

今、上の口と下の口で、二人はつながっている。ひとつになっている。湧《わ》きあがってくる歓喜をぶつけるように唇を合わせ、舌をからめながら、康光はいきりたちで芙美子の体内をえぐった。

ゆっくりと腰を波のように動かすと、

「んんんっ、んんんっ……！」

芙美子はくぐもった声を洩らしながら、康光にしがみつき、舌をからめてくる。

強く打ち込みたくなり、康光はキスをやめて、上体を途中まで立てた。

腕立て伏せの格好で、ずりゅっ、ずりゅっと擦りあげていく。

とろとろに蕩けた粘膜を怒張が押し広げながら、削《けず》っていく。

「ぁあああ、ああああ……康光、気持ちいい。気持ちいいよ」

芙美子がとろんとした目で見あげてくる。

「俺もだ。俺も最高に気持ちいい……芙美子を誘ってよかった。ようやく、失ったものを取り返した。だけど、これで終わりじゃない。これからだ。これからが本番なんだ」

そう言って、康光は徐々にストロークのピッチをあげた。

両足を伸ばし、打ち込む切っ先に力をこめて、打ちおろしながらしゃくりあげる。

ギンギンにいきりたった分身が力強く、体内を擦りあげていき、芙美子は両足をM字に開いて、送り込まれる勃起を奥へと招き入れている。

ズンッと突くと、

「あんっ……！」

芙美子は顎を突きあげて喘ぎ、後ろ手に枕をつかんだ。

康光はその表情を目に焼きつけながら、腰をつかう。

いきなり強くは打ち込まないで、ゆるゆると送り込み、様子を見ながら、ストロークのピッチや深さを調節する。

こんなこと、十八年前の童貞と処女の二人には、絶対にできなかった。それが、はたしてよかったのかどうかわからないが、この長い年月は康光と芙美子を確実に成長させた。

ほんとうは一緒に成長したかった。だが、当時からずっと長くつきあっていたら、途中で破綻《はたん》をきたしていたかもしれない。

神様は今、自分にもう一度やり直すチャンスをくれたのだ。だったら、それをなし遂げたい。

じっくりと打ち込んでいくと、芙美子が徐々に高まっていくのがわかった。

「あんっ……あんっ……あんっ……ぁああ、康光、気持ちいい。ほんとうに気持ちいい」

芙美子が康光の腕にしがみついてきた。

「いいんだよ。もっと気持ち良くなって……いいんだよ」

「ぁああ、康光……抱いて。ぎゅっと抱きしめて……」

康光はふたたび女体を抱き寄せて、低い姿勢で打ち込んでいく。

芙美子は不安なのだ。

夫と娘から離れて、若い頃につきあっていた男と能登半島を旅している。それは、家族を裏切ることでもある。

そんな気持ちを解消してやろうと、康光は両肩を引き寄せるようにして、つづけざまに膣《ちつ》をえぐった。

ぐさっ、ぐさっと屹立《きつりつ》が粘膜を擦りあげていって、

「ぁああ、康光……幸せよ。ちょうだい。あなたが欲しい」

芙美子が耳元で訴える。

康光は女体を抱き寄せて、強いストロークを繰り返した。

しばらくつづけると、芙美子の様子がさしせまってきた。

「ぁあああ、イキそう……康光、わたし、もうイッちゃう」

息を荒らげて、康光にぎゅっと抱きついてきた。

その切羽詰《せっぱつ》まった様子が、康光をかきたてる。

「さあ、いくぞ！」

「ぁああ、ちょうだい。出しても大丈夫よ。ピルを飲んでいるから。出して……康光が欲しい！　ぁああ、それ……あんっ、あんっ、あんっ……！」

芙美子が康光の腰に足をからめてきた。

ぐっと密着感が高まり、康光も追いつめられる。

ひと擦りするたびに、まったりとした粘膜が隙間なくからみついてくる。

そこを押し広げていくと、強い摩擦で甘い陶酔感《とうすいかん》がさしせまったものに変わってきた。

「いくぞ。出すぞ」

「ぁあああ、ちょうだい。あんっ、あんっ、あんっ……ぁああ、イクよ。イク、イク……」

「イケぇ……！」

力を振り絞って叩き込んだ。その直後、

「イク、イク、イクぅ……やぁああああぁぁぁぁぁ！」

芙美子は嬌声《きようせい》をあげ、これ以上は無理というところまでのけぞった。

それから、がくん、がくんと躍りあがる。

膣のうごめきを感じながら、もう一太刀《ひとたち》浴びせたとき、康光も吼《ほ》えながら放っていた。

5

海に面した食事処で摂《と》った、能登半島の海と山の幸や、能登牛をふんだんに使った創作料理は、びっくりするほどに美味しかった。

美味しい料理はそれを一緒に食べたカップルの気持ちを豊かにさせ、心を通わせる。

二人は食後、部屋でゆっくりと寛《くつろ》いだ。

そして、午後十時前に入浴セットを持って、貸切風呂に向かう。

事前に空いている時間を問い合わせて、予約を入れておいた。

長い廊下を歩いて、離れにある貸切風呂に入っていく。

そこは更衣室をはじめ洗い場や湯船も広々としていて、たとえ家族四人が入っても充分なスペースがあった。

二人は浴衣を脱いで、タオル一枚を持って、洗い場でかけ湯をする。

先に大理石の湯船につかった康光は、無色透明なお湯のなかで、芙美子の後ろ姿に見入った。

芙美子は洗い椅子に腰をおろして、丁寧《ていねい》に身体を洗っている。

むっちりとした安定感のある尻が椅子に乗り、ウエストは見事にくびれて、また肩に向かうにつれてひろがっている。

長い髪は後ろで結《ゆ》われて、楚々としたうなじがのぞいている。

身体の向きによって、胸が見えて、その横から見える乳房の形がたまらなくエロい。

やがて、芙美子はタオルを胸から垂らして、湯船に入ってきた。

康光が向きを変えたので、芙美子も隣にしゃがんで、二人で海のほうを向いた。

タオルは外して湯船の縁に置いたので、肌色が透けて見える。

すでに夜の闇が海にも落ちて、遠くの島や橋には明かりが点《つ》いている。

「いいところにあるね。ここで、二人でサンセットを見るという手もあった」

康光が言うと、

「そうね。明日行く、よしが浦温泉ではそうしたいね。二人で温泉につかりながら、夕日を見ましょうよ」

芙美子が答える。

「そこから、露天風呂に出られるみたいだな。温まってから、行ってみよう」

「いいわね」

芙美子が頭を肩に乗せてきた。

至福の瞬間だった。

大きな一枚ガラスから夜の七尾湾を眺めていると、さっきの快感を思い出したのか、イチモツがむくむくと頭を擡《もた》げてきた。すると、それを感じとった芙美子の手が伸びてきて、勃起をつかむ。

「大きくなってる」

「ああ、芙美子と二人でお湯につかって、こうならないほうがおかしいよ」

「うれしいわ。すごく、うれしい」

芙美子の手がお湯のなかで動き、屹立を握って、しごいてきた。

こうやって、海を眺めているだけでも最高なのに、分身を風呂のなかでしごかれているのだ。

お湯のなかで肌色の手が動いて、水面がかるく波立った。

「最高だ。これ以上の幸せはないよ」

思わず言うと、

「そこに座って」

芙美子が湯船の縁を指差した。

嬉々《きき》として、康光は縁に座って、足を開く。

芙美子がにじり寄ってきて、前にしゃがんだ。臍《へそ》に向かっていきりたっているものにおずおずと指をからめ、ゆっくりと握り、余っている部分に、チュッ、チュッとキスを浴びせる。

亀頭部の割れ目に舌を走らせ、顔を傾けて、亀頭冠《きとうかん》の出っ張りをぐるっと舐めてくる。

ちろちろと舌を躍らせて、丹念《たんねん》に愛撫する。

あの芙美子が今、温泉でペニスをおしゃぶりしてくれている。

いまだにそれが信じられない。

だが、これは紛《まぎ》れもない現実だ。自分が強引に誘ったからこそ、今の状況がある。

「しょっぱいわ、康光のおチンチン」

芙美子はいったん顔をあげて、眉を八の字に折った。

「塩化物泉だからね。海の成分が混ざってる」

「そうか……でも、いやじゃないわ」

芙美子はそう言って、お湯で温まった肉棹を大きくしごきあげる。

白い湯けむりのなかで、ととのった顔が汗ばんでいる。

芙美子はまた顔を伏せて、唇をかぶせてきた。途中まで頬張り、ゆっくりと顔を打ち振る。

頭の後ろで髪が結われ、あらわになったうなじが色っぽい。

敏感な亀頭冠をなめらかな唇がすべっていき、すぐにジーンとした痺れがひろがる。

「んっ、んっ、んっ……」

つづけざまにしごかれると、さらに陶酔感がひろがって、脳も体も蕩けていく。

「ぁああ、気持ちいいよ。もう、入れたくなった」

訴えると、芙美子が肉棹を吐き出して、見あげてきた。

潤んだ目と、上気した顔がたまらなかった。

「こっちに……」

芙美子を連れていき、日本海が見える位置で、湯船の縁につかまらせて、腰を引き寄せる。

ほの白い尻が温められて、ところどころ桜色に染まり、熟《う》れた肉の底に、女の渓谷がひろがっていた。ヒジキのような陰毛がまとまって、水滴がしたたってい る。

康光はしゃがんで、渓谷を舐めた。

ふっくらとした肉びらの間に舌を走らせると、ぬるっとすべって、

「ぁああああ……」

芙美子が長く喘いだ。つづけて舐めると、

「あっ、あっ、はうぅぅ」

芙美子はもどかしそうに腰を揺すって、

「ああ、欲しい……」

訴えてくる。

康光は立ちあがって、真後ろについた。

茜色にてかつく亀頭部で狭間をなぞって、窪地《くぼち》に押し込んでいく。

いったん、狭隘《きょうあい》なところを通過した分身は、蕩けた粘膜をこじ開けていき、

「ぁあああ……!」

芙美子ががくんと頭を後ろにやった。

「くうぅ、すごい。吸いついてくる」

うねりあがってくる悦びを、康光は満喫する。心から味わいながら、腰をつかう。

まったりとからみついてくる肉襞《にくひだ》を押しのけるように抜き差しをすると、

「ああ、あああ……気持ちいい。蕩けそう……ぁああ、いい……」

芙美子は心から感じているという声を洩らして、すべすべの背中をしならせる。

肩甲骨《けんこうこつ》が浮き出て、その微妙なカーブが美しい。

康光はゆっくりと抜き差ししながら、外を見る。

総ガラスの向こうには、ぼんやりとした赤い月が出て、闇に沈んだ海や、ところどころに雪が白く積もった島や橋を照らしていた。

「月がきれいだ」

「ほんとうだわ、初めてよ、こういうのは」

芙美子が答える。

「……こうしているだけで、幸せだな」

「ええ……ぁあああん、あんっ、あんっ……」

強く打ち込むと、芙美子は声をスタッカートさせて、湯船の縁をつかむ指に力をこめた。

康光は徐々に打ち込みのピッチをあげて、深いところに届かせる。

ぐさっ、ぐさっと屹立が子宮口をえぐっていき、康光も高まる。

尻たぶをぎゅっとつかむと、

「ああ、いやっ……」

そう言いながらも、芙美子は感じているのか、くなっと腰をよじった。

やはり、そうだ。

芙美子には、被虐を快楽へと転化させるシステムが備わっているようだ。

左右の尻たぶをぎゅっとつかんで、ひろげると、茶褐色《ちゃかっしょく》のアヌスがのぞいて、

「ぁああ、いやっ……」

芙美子が尻たぶを窄《すぼ》めた。

もう一度、尻たぶをひろげて、強く叩き込むと、ぐさっ、ぐさっと怒張が深いところに届いて、

「あんっ……あんっ……ぁああんんっ」

芙美子が甲高《かんだか》い声で喘いだ。

「芙美子は、アレだろうな。恥ずかしいことや、苦痛をともなうことをされると、より高まるんじゃないか？」

思い切って、訊いた。

「……わからない」

「いや、わかっているはずだ。さっきも、自分から両手を頭の上にあげて、腋をさらしていた。そうしながら、昂っていた」

そう指摘して、いっそう大きく尻たぶを開き、アヌスを剝き出しにさせる。ひ

くひくしている窄まりを見ながら、その下の女の祠《ほこら》に打ち込んだ。

「ほらほら、芙美子のお尻の孔《あな》が丸見えになっている。かわいいよ。ひくひくうごめいている」

言葉でなぶると、

「いやぁああ、言わないで」

そう訴えながらも、芙美子は物欲しげに腰を揺すりたてる。

「そうら、感じているじゃないか」

たてつづけに、強くうがつと、

「あんっ、あんっ、あんっ……ぁあああ、許して……もう、許して……ダメよ。ダメ、ダメ、ダメっ……ぁああうぅぅ」

芙美子はがくんと膝を落とす。

「手をこっちに」

言うと、芙美子は右手を後ろに差し出してきた。その手をつかみ、ぐいと後ろに引っ張った。

「ぁあああ、きつい……」

うつむいて、いやいやをするように首を振る。

康光は二の腕を握って、後ろに引き寄せ、自分はのけぞるようにして、腰を突き出す。

ギンとしたイチモツが深々と突き刺さっていき、

「あんっ……あんっ……あうぅぅぅ……」

芙美子が背中を弓なりにしならせた。

その姿勢で連続してうがつと、芙美子がさっきより明らかに高まっているのがわかる。

女性が感じてくれれば、男もさらに昂る。

そのとき、芙美子が言った。

「お願い。こっちの手も……」

康光は左腕をつかんで、後ろに引っ張る。両手を後ろに差し出して、つかまれながらも、後ろから打ち込まれている姿勢である。

二人の姿が鏡と化したガラスに映っている。

無数の水滴がついていて、はっきりとは見えない。ただ、そのぼんやりとした映像がかえって、エロチックでもある。

両腕を羽交い締めされたような形で、尻を後ろに突き出し、そこを激しく突きあげられて、芙美子の様子が逼迫《ひっぱく》してきた。

「あん、あんっ……ぁあああ、ねえ、イッちゃう。わたし、イキそう！」

ガラスの中の芙美子が訴えてくる。

「いいぞ。イッて……イクところを見せてほしい。俺も……」

左右の二の腕をがしっとつかんで、のけぞるようにして、屹立を叩き込んでいく。

蜜にまみれた肉杜が後ろから芙美子の媚肉《びにく》を犯し、尻の弾力と膣の締めつけがあいまって、康光も急速に追い込まれた。

「あんっ、あんっ、あんっ……ぁあああ、もう許して、お願い……いや、いや、いや……ぁあああ、来る！　康光、ちょうだい！」

芙美子が訴えてくる。

康光も追いつめられていた。

「そうら、イケぇ！」

スパートした。息を詰め、丹田《たんでん》に力を込めて、打ち据《す》える。

「あん、あん、あん……ぁあああ、来る、来る、来るぅ……いやぁああああああぁぁ……はうっ！」

芙美子がのけぞり返り、それから、がくん、がくんと躍りあがる。膣の収縮を感じたとき、康光も放っていた。魂《たましい》までもが吸い取られていくような甘美な射精だった。

窓からは中空にかかっているぼんやりとした月が見えた。

第五章　裸のプロポーズ

1

翌朝、本田康光と井口芙美子は旅館を出て、和倉温泉駅から観光列車『のと里《さと》山里海号《やまさとうみごう》』に乗って、穴水駅《あなみず》に向かう。

のと鉄道は七尾駅と穴水駅をつなぐローカル線で、大きく取られた車窓からは、里山里海の景色を眺望できる。

青い車体の二両編成で、車内は能登地方の工芸技術が使われた、モダンな造りである。観光客が愉《たの》しめるように、途中で地元・石川《いしかわ》県出身のパティシエの作ったスイーツまで出てくる。

ところどころに雪の積もった里山や海を見ながら、窓側のテーブル席で芙美子と向かい合って、ケーキを食べる。

そんなのんびりとした時間が尊いものに思えた。

昨日、何度も身体を合わせたせいで、二人の距離はぐっと縮まった。傍《はた》から見ても、きっと二人は夫婦に映るだろう。

自分でも、芙美子への接し方が変わったのがわかる。そして、芙美子もごく自然に身体を密着させてくる。

康光は、夫と娘に関して一切触れなかった。彼女には現実を忘れてほしかったのだ。

旅が終われば、すぐにまたその現実の問題が待ち受けているのだ。今はとにかく、この二人の時間と空間を大切にしたかった。

ケーキを食べながら、七尾湾の穏やかな海を眺める芙美子は、昨日までとは雰囲気が変わっていた。

長い間、夫に触れてもらえない寂しさを、少しは解消できたのだろう。顔にも満たされた輝きのようなものがあふれている。

女はこうも変わるものなのか……。

肌がつやつやで、表情も生き生きとしている。

列車は能登中島《のとなかじま》駅に停まった。

停車中に、駅の鉄道小公園に置いてある鉄道郵便車の車両を見学する。

なかには、郵便物を区分けする棚があり、赤い郵便ポストも立っている。まだ鉄道が輸送の主力であった頃、郵便物を運びながら、この列車のなかで区分けをしたのだ。

懐かしさを想起させる車両を二人で見学して、また列車に乗り込んだ。

終点の穴水駅で降り、あらかじめ予約しておいたレンタカーを借りて、輪島市《わじまし》に向かった。

至るところが雪に埋もれている半島を横断し、輪島の朝市駐車場に車を停めて、朝市へと足を延ばす。

道の両側に出店が並ぶ通りを、芙美子とともに歩いた。

とれたての海の幸や能登の野菜がずらりと並び、それを求めて行き交う人も多い。ここには、永井豪《ながいごう》記念館があって、入口にはマジンガーZの大きなフィギュアが飾ってある。

装身具屋で、芙美子へのプレゼントに、赤い地に金色の模様の入った輪島塗《わじまぬり》のピアスを買った。

芙美子はひどく喜んでくれて、その場でピアスを耳につけた。

輪島市内のレストランで昼食を摂《と》り、しばらく休んでから、レンタカーで国道

２４９号線を北上する。

すぐに、西側に白米千枚田《しろよねせんまいだ》が見え、そこで車を停めた。海からつづく丘陵に、幾つも区分けされた、一画がとても狭い棚田《たなだ》がぎっしりと並んでいる。全部で千枚あるという。

山地が海間際まで迫っている能登半島はもともと平地が少なく、このような急な斜面にも棚田を作って、お米を収穫したのだ。

「すごいわね、生活のために必要だから作った、それがこんなにも人の胸を打つのね」

芙美子が感心したように言って、康光の腕にぎゅっとしがみついてきた。

二人はまた車に乗り、左手の崖や奇岩を見ながら、北上する。

途中、揚《あ》げ浜塩田《はまえんでん》で休憩を取り、昔の人がいかに手間をかけて塩を作ったかを学んだ。

それから、また能登半島を北上し、よしが浦温泉に到着したときは、午後三時をまわっていた。

旅館にチェックインする前に、日本三大パワースポットのひとつである『聖域《せいいき》の岬《みさき》』と呼ばれる珠洲岬《すずみさき》で荒々しく波立つ日本海を見て、さらに『青の洞窟《あおのどうくつ》』

で白いパワーストーンを拾った。

不気味な色にライトアップされた洞窟は、縁結びのパワーを持ち、七つの願いを叶えてくれるのだという。

正直なところ、康光はパワースポットなど信じていない。

だが女性は違う。女性はもともとそういう霊力を感じやすい体質なのだろう。芙美子もそのパソーを信じているのか、洞窟の波打ち際にある、磨耗《まもう》して丸くなった小さな白い石を幾つも拾い集めて、大事そうにしまっている。

それを手伝った。芙美子の願いが、康光と一緒になることだという可能性だってあるのだ。

そして、康光も拾った石を自分で所有することにした。

空中に突き出した展望台に行き、端まで歩を進めた。

今にも雪が降りだしそうなどんよりと曇った空と鈍色《にびいろ》の海がひろがる。

海岸沿いには、今夜泊まる予定の『灯火《ともしび》の宿』の幾つもの棟が並び、通常は黒い能登瓦《のとがわら》が、積もった雪で真っ白になっていた。

レンタカーを駐車場に置いて、海岸沿いにある旅館までは宿のマイクロバスで行き、チェックインする。急勾配《きゅうこうばい》のスイッチバック式の坂道は、慣れている人でないと運転できないからだ。

四百五十年つづいているという老舗《しにせ》の宿は、幾つもの棟が村落のように集まってできており、なぜか中央にプールがある。

黒塗りされた木製の廊下を通って、二人が案内されたのは、二階にある露天風呂付き和室だった。

広々とした和室に大きなベランダがついていて、そこに木製の風呂がついており、木の蓋《ふた》の隙間から白い湯けむりがあがっている。

入り江が眼下にひろがっていて、雪で白くなった岩礁《がんしょう》に日本海の荒波が押し寄せては白い波を立てている。サンセットの直前で、周囲も薄暮に変わりつつあった。

「すごい、としか言いようがないわ。ここは初めてなの。ありがとう、連れてきてくれて」

コートを着たままベランダに立った芙美子が、康光を見て微笑《ほほえ》んだ。

「俺もここは初めてだ。きみと一緒に来られて、ほんとうによかった」

康光は芙美子を後ろから抱きしめる。

芙美子も後ろの康光に、身をゆだねてくる。

「雪が降ってきたな。よかった、降らないうちに着いて……雪見露天ができそうだな」

「でも、ここは人の目に触れる気がするわ」

「まあ、見ているのは、冬の海だけってことになるだろう」

康光は芙美子をこちらに向かせて、唇を重ねる。

芙美子もそれに応えて、唇を合わせてくる。

キスが次第に激しいものに変わり、コート越しに背中と尻を抱き寄せる。すると、股間のものが力を漲《みなぎ》らせてきた。

それを感じたのか、芙美子の手がズボンの股間に伸びた。ふくらみつつあるものをさすり、握りながら、舌をからみつかせたキスをしてくる。

勃起《ぼっき》とともに、情欲がうねりあがってきた。康光は唇を離して、

「まだ夕食までには時間がある。そこに二人で入ろう」

ベランダで白い湯けむりがあがっている風呂を指差した。

「いいけど……見られないかしら？」

「大丈夫。今から急速に暗くなる。それに、雪も降ってきた」

「わかったわ」

二人は部屋に入り、スーツケースを開けて、荷物の整理をした。

浴衣《ゆかた》や丹前《たんぜん》を用意して、二人は着ているものを脱ぐ。

最初に、康光がベランダに行き、四角い風呂の蓋を開けて、お湯の熱さを確かめた。大丈夫。適温だった。

外は雪も降っていて、外気が刺すように冷たい。

康光は急いでかけ湯をして、檜《ひのき》風呂の縁をまたいで、つかる。

お湯が体に沁みて、しばらくすると、体中がぽかぽかしてきた。

手招きすると、バスタオルを胸に巻きつけた芙美子がベランダに出てきて、急いでかけ湯をして湯船の縁をまたぐ。

二人がちょうど入れるくらいのコンパクトな湯船だった。

お湯につかる前に、芙美子がバスタオルを外し、康光に背中を向ける形で、裸身を沈めてくる。

康光が足を大きく開き、その間に芙美子の尻がすっぽりとおさまる。

二人とも海を見る形で座った。

康光の目の先には、芙美子の後ろに結われた髪の向こうに、急速に暮れつつある深い灰色の空と、白波を立てて近くの岩礁にぶつかっている波立った海が見える。

　岩礁やプールがライトアップされ、そこに白い無数の雪が舞い落ち、幻想的な風景をかもし出していた。

「温まったかい？」

「ええ……」

「二階だから、高さもあって、よく見える」

「雪がきれいだわ。この雪がわたしたちを隠してくれるのね」

「これなら、何をしてもわからない」

　後ろから言って、両手を前にまわし込み、胸のふくらみをとらえた。たわわな乳房をそっと包み込むと、

「あんっ……」

　芙美子が小さく喘《あえ》いで、かるくのけぞった。

　結いあげられた黒髪からのぞく襟足《えりあし》が、たまらなかった。

「感じやすいんだね」

「……そうかな？」

「そうだよ。オッパイも柔らかくて、大きい」

たわわなふくらみを揉《も》みあげていると、中心の硬くしこったものに指が触れた。

（こんなに、乳首をカチカチにして……）

お湯にほぼつかっている乳首をつまんで転がすと、

「んっ……あんっ、ダメだって……声が出ちゃう」

芙美子が小声で訴えてくる。

「隣の部屋と離れているし、ここは角部屋だから、聞こえないさ」

左右の乳首を指で捏《こ》ねると、芙美子はしばらくじっと耐えていたが、こらえきれなくなったのか、顔をのけぞらせて、

「ぁあああんんっ……ぁあああうぅ」

と、抑えきれない声を洩《も》らして、もどかしそうに腰をくなっと揺らした。

その尻がお湯のなかで、勃起を擦《こす》り、

「気持ちいいよ」

康光が囁《ささや》くと、芙美子の手が伸びてきて、後ろ手に屹立《きつりつ》をつかんだ。

「ぁああ、こんなにして……」

切なげな吐息を洩らしながら、芙美子はお湯のなかでおずおずと勃起を握りし

ごく。

うねりあがる快感をこらえて、康光は乳房を揉みしだき、突起を捏ねる。

「ぁあああ、ダメっ……こんなことされたら……」

「されたら、どうなの？」

「欲しくなる」

「何が？」

「意地悪……これよ。これが欲しい」

「咥《くわ》えられる？」

「ここで？」

芙美子が周囲を見まわした。

「ああ、ここで」

「寒くないの？」

「平気だよ。もう体は温まってる」

康光は湯船のなかで立ちあがった。お湯は太腿《ふともも》の下まであるが、勃起は外に出て、白い湯けむりのなかでそそりたっている。

芙美子が方向転換して、顔を寄せてきた。

おずおずと根元を握り、ゆったりしごいた。それがますますギンとしてくると、そっと唇をかぶせてきた。

一気に根元まで頬張《ほおば》って、そこで一旦、肩で息をする。

その間も、なめらかな舌が下側をそろりそろりと撫《な》でてくる。

愛する女の口腔《こうこう》にイチモツがすっぽりとおさまり、しかも、よく動く舌がからみついている。

（ぁああ、蕩《とろ》けていく……）

康光はうっとりと、もたらされる快感に酔った。

細めた目に、だんだん強くなる雪が白い花吹雪となって、舞い落ちてくる。

ベランダには屋根がついているから、直接には降ってこない。それでも、吹き込んできて、雪が付着した肌が冷たい。

芙美子が顔を振りはじめた。まとめられた黒髪にも雪がついている。

唇が勃起の表面をすべっていき、ジーンとした悦《よろこ》びがどんどんふくらんでくる。

「ぁああ、すごい。気持ちいいよ……たまらない」

快感を伝えると、芙美子はいっそう強く、速く顔を振って、肉棹《にくざお》を追い込んでくる。

「んっ……んん……んんんっ」

力強くしごかれると、もう我慢できなくなった。

「芙美子、入れたい」

訴えると、芙美子は肉棹を吐き出して、言った。

「でも、康光はそれ以上立っていると、冷えてしまうから、座っていて。わたしがするから」

芙美子が心配りを見せる。

康光は言葉に甘えて、湯船に座った。正直なところ寒さは限界だった。

すると、芙美子が背中を見せる形でしゃがみ、湯船のなかでいきりたつ肉柱をつかんだ。

後ろ向きに腰を落としながら、勃起を導いて、擦りつけた。

何度もトライして、ようやく、挿入《そうにゅう》の角度と位置を見つけたのか、静かに沈み込んできた。

亀頭部《きとうぶ》に、とても狭いところを突破していく、ぐぐっという感触があって、

「ああん……！」

芙美子ががくんと顔をのけぞらせた。

（おおぅ、ねっとりとからみついてくる！）

康光もひとつになれた歓喜に酔った。

すると、もう一刻もじっとしていられないという様子で、芙美子が腰を振りはじめた。

両手で檜風呂の左右の縁をつかんで、バランスを取りながら、ぐいぐいと尻を擦りつけてくる。

「ぁあぁ、ダメっ……止まらない。ああ、恥《は》ずかしい……腰が勝手に動くの」

芙美子はさしせまった声をあげて、腰を振る。

湯船のお湯が大きく波打って、撥《は》ねた。

それでも、芙美子は堰《せき》が切れたように激しく腰を振っては、押し殺した喘《あえ》ぎ声を洩らす。

いきりたちを揉み込まれる歓喜のなかで、康光は後ろから乳房をつかみ、強く揉みしだく。

すると、その荒々しい愛撫《あいぶ》に感じるようで、

「ぁあぁあ、それ、好き……もっと、もっと強くして……わたしをメチャクチャ

にして、ぁあああ」

芙美子は腰を大きく振りながら、上体をのけぞらせる。

その荒々しさを求める姿が康光の心を揺さぶる。

挿入したまま立ちあがり、芙美子に湯船の縁をつかませた。

白い湯けむりが立ちのぼるなかで、芙美子は美しい背中を弓なりに反《そ》らせて、ほの白い尻をこちらに向け、突き出している。

康光は昂《たかぶ》りをぶつけるように、後ろから思い切り突いた。

万遍なく肉の張りつめた、むっちりとした尻に向かって叩きつけると、ぱちん、ぱちんと音がして、

「あんっ、あんっ、あんっ……」

芙美子が喘ぎをスタッカートさせる。

さっきまでは、外ですることに警戒していたのに、もうここがどこであるのかも忘れてしまったのか、喘ぎ声を響かせる。

セックスに目覚めてしまった女性は、一線を越えると理性を失う。それまで保っていた自己抑制がどこかに飛んでいってしまう。

芙美子もそうなのだろう。

康光は、雌《めす》と化した芙美子が愛《いと》おしくてならなかった。

腰を両手でつかみ寄せて、激しく打ち込んでいく。

「あんっ、あんっ、あんっ……ぁああ、へんなの。わたし、へんなの……」

下を向いた乳房をぶるん、ぶるるんと揺らして、芙美子が顔を上げ下げする。

お湯でコーティングされた裸身の向こうの景色が、降りしきる雪で白く霞《かす》んで見える。

不思議な感覚だった。

今、二人は雪に閉じ込められた世界にいて、その雪で世間というものが遠のいているような気がする。

芙美子もすでに二人だけの世界に埋没しているのだろう、艶《なまめ》かしい声をあげながら、がくん、がくんと震えている。

「あんっ、あんっ、あんっ……もう、ダメっ……イキそう。もう、イッちゃうよ。イッていい？」

芙美子が訴えてくる。

「いいぞ、イッていいぞ。そうら」

康光がたてつづけに打ち込んでいくと、

「イク、イク、イクぅ……くっ！」

芙美子は大きくのけぞって、がくん、がくんと裸身を躍らせると、操《あやつ》り人形の糸が切れたように、湯船に身体を沈み込ませた。

だが、康光はまだ男液を放っていなかった。

しばらくすると、芙美子が身体の向きを変えた。

向かい合う形で康光をまたぎ、いまだいきりたったイチモツをつかんで自らの股間に導き、腰を落とした。

「はうぅぅ……！」

猛《たけ》りたつものが女の祠《ほこら》をうがっていき、深々と届いて、

芙美子が肩に手を置いて、のけぞった。

それから、理性の箍《たが》が外れてしまったように、腰を激しく大きく前後に打ち振って、硬直を揉み込んでくる。

「おおぅ、くっ……くっ……」

搾《しぼ》り取られそうなのを、康光は奥歯をくいしばって耐えた。

目の前で、ほの白い乳房が、芙美子自身が起こした波の間に見え隠れする。

射精したかった。

芙美子の体内に白濁液をぶちまけたかった。

だが、ここでは出そうにもない。

2

「部屋のなかでしよう。きみはここにいて、温まっていてくれ。俺が布団を敷く」

康光は結合を外して、露天風呂を出た。

バスタオルで体を拭き、座卓を移動させてスペースを造り、押し入れから布団を出して、畳に敷いた。

さらに、濡れないように、バスタオルを二枚敷いた。

部屋の暖房を強めて、芙美子を呼ぶ。

ベランダの露天風呂から出た芙美子は、バスタオルで身体を拭き、色白の裸身を見せながら、かけ布団をあげて潜り込む。

康光もその隣に体をすべり込ませる。

すると、布団のなかで、芙美子が抱きついてきた。

「温かいわ。あなたの体がいちばん温かい」

耳元で言う。

二人はしばらくそのままお互いを温めあった。

温泉もいいが、やはり人の心と身体を、ほんとうの意味で癒《いや》し、温めてくれるのは人肌なのだ。

康光は布団に潜っていき、こちらを向いて横臥《おうが》した芙美子の乳房にしゃぶりついた。温かいふくらみを揉みながら、乳首を吸った。

尖《とが》っている乳首を舐《な》め転がし、赤ん坊のように吸う。

すると、布団のなかで、芙美子の裸身がくねりはじめた。

「ぁああ、あああ……気持ちいい。気持ちいい……」

上のほうから、芙美子の声が降ってくる。

康光がさらに乳首を舐めしゃぶると、

「ああ、ちょうだい。また欲しくなった。康光、ちょうだい。お願い……」

芙美子は腰をくねらせて、せがんでくる。

康光は芙美子を仰向《あおむ》けに寝かせて、布団のなかで足を開かせ、翳《かげ》りの底にしゃぶりついた。

薄暗がりのなか、触感だけを頼りにそこを舐める。

柔らかな繊毛《せんもう》のすぐ下に濡れた箇所があって、粘膜に舌を走らせる。

「ぁあああ……」

布団の外から芙美子のあえかな喘ぎが聞こえ、それに励まされるようにクンニをつづけると、恥丘がぐいぐいせりあがって、

「ぁあああ、欲しい。康光、欲しい」

芙美子のさしせまった声が聞こえた。

その頃には、もう康光の分身も勃起しきっていた。

かけ布団を剝《は》ぐと、芙美子のほの白い裸身がうごめいていた。

膝《ひざ》をすくいあげて、片方の手を屹立に添え、翳りの底に押し当てた。

ぬらつく狭間《はざま》に慎重に沈めていくと、潤《うる》みきった肉路がからみついてくる。それを押しのけるように奥に差し込むと、

「ぁあぅぅ……!」

芙美子が顔をのけぞらせた。

康光は両膝の裏をつかんで、持ちあげながら押さえつける。

ぐいと左右に開くと、自分の猛々《たけだけ》しいイチモツが芙美子の体内に深々と突き刺さっているのが見えた。

「芙美子、見てごらん。きみのあそこに、俺のチンコが、突き刺さってる。よく見てごらん」

芙美子は顔を持ちあげて、結合部分を見て、

「いやっ……」

目を逸《そ》らした。

「見なさい。見るんだ」

強く言う。また芙美子が結合部分を見た。今度は目を逸らさないでいる。

康光は抜き差しが見えるように、ゆっくりと大きく腰をつかう。蜜で濡れた肉の柱が翳りの底に出入りして、その光景を芙美子は目を離さず、しっかりと見ている。

いやいやと、首を振ってはいるが、その大きな目には情欲の色が浮かんで、きらきらと光っている。

康光は両膝をつかむ指に力を入れて、左右に揺さぶりながら、いっそう足をひろげ、押さえつける。

そうやってさらに持ちあげ、勃起が自らの体内に出入りするさまを見せつけた。

ぐいぐい打ち込んでいくと、芙美子は見ていられなくなったのか、後頭部を枕にめりこませるようにのけぞり、

「あっ……あっ……ぁあうぅぅ」

顎《あご》をせりあげて、右手の人差し指を噛《か》んだ。

向かって左側の肘《ひじ》があがって、腋《わき》の下が見える。そうやって、腋をさらし、無防備に乳房をあらわにする格好が、芙美子が秘めている被虐《ひぎゃく》の性《さが》を表しているように思えた。

康光は右手を膝から外し、前に伸ばした。

たわわな乳房をぐいとつかむと、柔肉《やわにく》がしなって、

「ぁあああ……！」

芙美子が顎を突きあげる。

温泉ですべすべになった乳房をぐいぐいと揉みしだきながら、腰をつかった。

強く打ち据《す》えると、形のいい乳房が躍って、

「あんっ、あんっ、あんっ……」

芙美子が甲高《かんだか》く喘いだ。

いつの間にか、両手を頭上でつないでいる。そうやって、腋と乳房をあらわに

して、急速に昇りつめようとしている。

すっきりした眉《まゆ》を八の字に折って、苦痛なのか悦びなのか判別できない表情で高まっていく。

その悩ましい姿を目の当たりにして、康光も高みへと押しあげられた。

左膝の裏をつかみ、押しつけながら、右手では乳房を変形するほど強く揉みしだく。

そうしながら、強いストロークを浴びせる。

少し持ちあがった膣口《ちつぐち》に怒張《どちょう》しきったものが嵌《は》まり込み、大きく抜き差しするたびに、愉悦《ゆえつ》の波が押し寄せてくる。

康光はスパートした。

つづけざまに奥へと届かせると、蕩けた粘膜がうごめきながら締めつけてきて、ぐっと快感が高まった。

「あっ、あっ、はぅ……ぁああ、康光、わたしまたイク……イクよ」

芙美子が潤みきった瞳を向けてくる。

「いいぞ。出すぞ、いいね？」

「はい……ちょうだい。いっぱい、いっぱい欲しい……康光、好きよ。大好き……ぁあああ、今よ！」

芙美子がうるうるした瞳で訴えてくる。

「ああ、いくぞ。出すぞ……おおおぉぅぅ！」

吼《ほ》えながら、ぐいぐいと奥に打ち込んだとき、

「……イキます。イク、イク、イクぅ……はうん！」

芙美子がのけぞり、がくんがくんと痙攣《けいれん》した。

駄目押しとばかりにもう一撃を叩き込んだとき、康光もしぶかせていた。

3

二人は海の見える食事処で能登ワインを呑《の》みながら、海の幸と能登牛のコース料理を堪能した。

正面は一面がガラス張りの窓で、すっかり日の落ちた空と海が見えた。舞い落ちてくる雪がガラスにぶつかって、溶けていく。

内は明るく、外は暗い。

ガラスが鏡のようになって、二人の姿が映り込んでいた。

浴衣に半幅帯を締めて、丹前をはおっている。

芙美子もそれがわかっていて、ガラスのなかの康光に照れ笑いを浮かべて視線を向ける。

幸せすぎた。

これが永遠につづけばいい――。

康光は極力、明日以降のことは考えまいとした。今はただ、初恋の人と一緒に旅の宿にいるということだけで、満ち足りていた。

芙美子も自分の生活のことには触れようとしない。

それを口に出したら最後、この幸せな時間は消えてしまい、懊悩《おうのう》だけが残る。

それをわかっているがゆえに、二人は現実を話さない。

話題にあげるのは高校時代で、あのときはこうだった、ああだったという思い出話がほとんどだ。

だが、あの高校三年の盆踊りの夜については、ひと言も話さない。そこに触れたら、後悔だけが湧《わ》きあがってきて、お互いに自分を責めたくなるからだ。

呑みやすい能登ワインを空けているうちに、二人ともいい感じで酔ってきた。

食事を終えて、『灯火の宿』の館内を歩いた。

幾つも分かれている棟をつなぐ渡り廊下からは、雪景色が見えた。

入り江やプールはライトアップされていて、その光のなかを雪が花のように舞いながら落ちている。

ところどころ白くなった岩礁には、夜になって荒くなった波が打ち寄せては砕け、それをライトが照らしていた。

「海だけでもすごいのに、雪まで降っているなんて、これ以上の景色ってないような気がする」

芙美子が腕にぎゅっとしがみついて、身体を寄せてくる。

丹前を通しても、胸のふくらみがわかる。

二人は、人影がないことを確かめて、物陰でキスをする。

それが徐々に激しいキスになって、康光は芙美子の浴衣の前身頃《まえみごろ》を割って、右手をすべり込ませる。

芙美子はパンティを穿《は》いていない。指が翳りの底に触れて、そこをなぞると、一気に濡れてきて、

「ダメっ、ここではダメっ……」

芙美子が腰をよじる。

彼女の手をつかんで、自分の浴衣の下腹部に押しつけた。

すると、芙美子は勃《た》ちつつある康光自身を浴衣越しになぞってくる。

康光の手と、芙美子の手が交錯して、お互いの股間をまさぐりあう。そうしながら、唇を重ね、舌をからめあった。

芙美子の手が康光の浴衣の前を割って、じかにイチモツに触れてきた。

康光も芙美子と同じで、下着をつけていない。

臍《へそ》に向かってそそりたつ肉の柱を、しなやかな指が握りしごいてくる。同時に、舌をからめあった。

他人に見つかるかもしれない場所でいけないことをしている、というスリルが二人を昂揚させている。

康光もおそらく芙美子も、もうしたくてしようがなかった。

「部屋に戻ろう」

耳元で言うと、芙美子がこくんとうなずいた。

渡り廊下を歩き、至るところにランプの置かれた廊下を進み、二階へとつづく急な木の階段をのぼった。その行き当たりが二人の部屋だった。

部屋に入るなり、芙美子を抱き寄せた。

二人が食事をしている間に布団が二組敷かれていて、和室にはランプだけが点《つ》いていた。山小屋に吊《つ》ってあるようなランプだが、なかに電球が使われていて、黄色く光っている。それが枕元に置いてあった。

二人は丹前を脱いで、かけ布団を剝《は》ぎ、新しいシーツが敷かれた布団に倒れ込む。

浴衣姿の芙美子に重なるようにキスをして、胸のふくらみをまさぐった。

さらに、浴衣の腰ひもを解いて、浴衣を脱がした。

枕元のランプの明かりを受けた裸身は、陰影が刻まれて、いっそう艶かしさをたたえている。

「きれいだ。どんどんきれいになっていく……両手を前に出してみて」

言うと、芙美子はおずおずと両腕を差し出してくる。

康光はさっき抜き取った腰ひもをつかんで、前に出した手を合わせる形で、両手首に腰ひもを二重、三重にまわした。

最後にぎゅっと力を込めてくくったとき、

「あっ……」

芙美子ががくんと顔をのけぞらせた。

やはり、芙美子はこうされることに悦びを感じるのだと思った。

芙美子の両手を頭上にあげて、言い聞かせた。

「そのまま、腕をおろさないように。わかったね？」

芙美子がうなずいて、康光を見あげてくる。その大きな目が一気に潤んできた。

「芙美子の腋の下やオッパイが丸見えだ。ここも、開こうか」

両膝をつかんで、ぐいと左右にひろげた。くの字になった両足が無残なまでに開いて、漆黒《しっこく》の翳りとともに女の花園があらわになる。

「ぁあああ……いや……許して……許して」

そう訴える芙美子の肌が一気にピンクに染まり、全身から女の色香がむんむんとあふれでた。

「そのままだよ」

言い聞かせて、康光は枕元のランプを持って、下半身のほうにまわる。

「このままでは、肝心なところが陰になってよく見えないからね」

ランプの把手《とって》をつかんで、開いた太腿の奥を照らした。

黄色いランプの明かりに、赤い内部をのぞかせた花芯が浮かびあがって、った。
「ぁああああ、いや……いじめないで。いじめないで……」
そう言いながらも、芙美子は足を閉じようとはしない。
ランプを近づけると、粘膜がぬらっと光って、女の器官のすべてがあらわにな
った。
触っていないのに、わずかにひろがったサーモンピンクの割れ目から、とろっ
とした蜜があふれて、伝い落ちていく。
康光はランプを布団の下の畳に置いて、下からの明かりを浴びる女の花園を指
でなぞる。
狭間に指を走らせると、ぐちゅっと粘膜が沈み込んでいき、
「あううぅぅ……」
芙美子が顔をのけぞらせる。
康光はつづけざまに粘膜をなぞり、上方の肉芽《にくが》を弾《はじ》いた。
「はうん……！」
芙美子はがくんと腰を揺らして、顎《あご》を突きあげる。
じゅくじゅくと滲《にじ》んでくる狭間を指でなぞりあげると、その動きに合わせるよ
うに下腹部がせりあがってくる。

ひとつにくくられた両手を頭上にあげて腋をさらし、くの字に曲げた足からつづく恥丘をぐいぐいと擦りつけてくる。

すでに髪は解いていて、長いつやつやの黒髪が扇《おうぎ》のように枕に散り、その中心にあるととのった顔が、今は苦痛とも快楽ともつかない表情に変わっていた。

康光は解剖医のような手つきで、左右の陰唇《いんしん》を指で開いた。

サーモンピンクにぬめる粘膜がぬっと現れて、その蝶にも似た形が下からのランプの明かりを受けて、ぬらぬらと妖《あや》しい光沢を放つ。

中指で狭間をなぞりあげていくと、

「ああああ、あああ……いやよ。恥《は》ずかしい……そんなところ、恥ずかしい」

羞恥《しゅうち》でいやいやをするように首を左右に振りながらも、芙美子は足を閉じようとはしない。

そして、両手はひとつにくくられて、頭上にあげている。

そぼ濡れる狭間を何度も指でさすりあげると、下からのランプに浮かびあがった曲線を描く裸体が、くねくねと動いた。

康光は伸ばした中指を、潤みきった膣口へ少しずつ押し込んでいく。

狭い入口を通過した中指がぬるぬるっと途中まですべり込み、

男根よりはるかに細い中指を、芙美子の女の証《あかし》がぎゅうぎゅうと締めつけてくる。

押し込んだ指を蕩けた粘膜が、うごめきながら締めつけてくる。

芙美子はいっぱいに顔をのけぞらせる。

「くうぅぅ……！」

誘うように天井をノックすると、芙美子の腰が欲望をあらわにした。

ゆっくりと恥丘をせりあげ、また後ろに引く。そこから、指の動きに呼応してまたせりあげる。

そうやって、静かに恥丘を上下に揺すりながら、

「ぁあああ、ああ……ぁあああうう」

くぐもった声を洩らして、顎を突きあげる。

ねちっ、ねちっと卑猥《ひわい》な音がして、中指を蜜が濡らしている。

そして、男の一本の指を体内に受け入れながら、もっとでもいうように下腹部を上げ下げする。その淫《みだ》らな光景を、足元からの黄色いランプの明かりが浮かびあがらせていた。

あふれだした蜜が明かりを反射して、妖しくてかつき、アヌスに向かってしした

たり落ちている。

康光は指を抜いて、そこに付着しているものを舐めた。それから、隣の布団から枕を持ってきて、それを芙美子の腰の下に入れた。このほうがクンニしやすいからだ。

左足を抱え込み、右足を開かせて、翳りの底に貪《むさぼ》りついた。狭間を舐めると、ぬるっと舌がすべっていき、

「ぁあああぁ……」

芙美子の悩ましい喘ぎが洩れる。

すでにそこの粘膜はとろとろで、舌がすべる。そして、陰唇が開いて、内部の赤みがいっそう濡れを増す。

なぞりあげていき、クリトリスをぴんっと弾いた。

「はうぅぅ……！」

芙美子は顔をいっぱいにのけぞらせて、顎をせりあげる。

肉真珠の包皮を指で引っぱりあげ、剝き身を舐めた。

ゆっくりと上下になぞり、鋭く横に弾いた。

いっそう肥大化してきた肉芽を頬張るように吸いあげる。突起が口に入ってい

って、

「やぁあああああ……！」

芙美子がびっくりするような嬌声《きようせい》を噴きあげる。

強めに吸われて、性感が高まったようだ。

康光は肉の宝石にしゃぶりついて、チュッ、チュッ、チューーッと吸い立てる。

「ぁあああ！　くっ、あっ……あっ……ぁああああ……」

芙美子は酔いしれているのか、声を長く伸ばし、ぐーんと下腹部を持ちあげて、ブリッジするように反らした。

吸い立てると、芙美子はぶるぶると震え、力が抜けたように腰を落とす。

かるく頂点に達したのかもしれない。

ぐったりとした芙美子に、フェラチオを頼んで、自分は布団に仰臥《ぎようが》した。

すると、芙美子は緩慢な動作で足のほうに移っていく。しゃがみながら、ひとつにくくられた手でいきりたっている肉の塔を苦労してつかみ、ゆっくりとしごきあげる。

それから、顔を寄せてくる。

ひとつにくくられた両手を自分のほうに引き寄せて、屹立に唇をかぶせてきた。

ゆっくりと顔を打ち振って、じゅるるっと唾液《だえき》を啜りあげる。

枝垂《しだ》れ落ちた黒髪が顔の上下動とともに、腹部に触れて、くすぐったい。

そのくすぐったさが、愛《いと》しい女に頬張ってもらっていることの至福を感じさせる。

だが、陰になって、咥えているところがよく見えない。

「待ってくれ」

康光は立ちあがって、畳に置いてあったランプを持ち、ふたたび仰向けに寝た。

「つづけてほしい。きみが咥えているところを、ランプの明かりでよく見たいんだ」

言うと、

「恥ずかしいよ」

芙美子が羞じらった。

「頼む。見たいんだ。頼むよ」

懇願した。

芙美子が猛りたつものに顔を寄せてきた。

静かに唇をひろげて、亀頭部から呑み込んでいく。

途中まで唇をすべらせ、ちらりと見あげてきた。

康光はランプの位置を調節して、陰ができないようにする。

長い黒髪が枝垂れ落ちて、顔を半ば隠していた。その顔が見える位置にランプを置いた。

ふっくらとした唇がOの字にひろがって、血管の浮き出た肉棹にからみつきながらすべっていく。こちらを見あげる大きな瞳が、情欲の色を浮かべてキラキラと光っている。

ランプの黄色い光を浴びながら、芙美子は連続して頬張った。

それから、吐き出して、赤く濡れた舌を肉柱に走らせる。そうしながら、じっと康光を見あげてくる。

ツーッと舐めあげて、上から唇をかぶせてくる。今度は一気に根元まで頬張り、ゆったりと顔を打ち振る。

顔の角度を変えたので、屹立の頭部が口腔の粘膜を擦り、頬がふくらんだ。顔を打ち振ると、その異様なふくらみも移動する。

おたふく風邪のような頬のふくらみが、芙美子のととのった顔をゆがませ、それをランプの明かりが如実に照らしている。

頬の内側で亀頭部を擦られて、康光はこらえきれなくなった。

「ありがとう、芙美子。そろそろ入れたくなった」

言うと、芙美子がちゅるっと吐き出した。

4

芙美子は布団に這っている。

ひとつにくくられた両手を肘までついてバランスを取り、尻を高く持ちあげている。

康光はランプを近づけて、白々とした尻を照らす。

すべすべの尻たぶが光沢を放って、光が集まるところと陰のコントラストが妙にエロチックだった。

「ぁああ、照らさないで。恥ずかしい……」

「きれいだよ。お尻の孔《あな》もオマ×コもみんなきれいだ」

康光は花肉を舐めて濡らし、ランプを畳に置いた。

いきりたつものを尻の底に押し当てて、じっくりと埋め込んでいく。切っ先が窮屈なところをこじ開けていって、腰を引き寄せると、ずずっと奥に嵌まり込んでいき、

「あうぅぅ……！」

芙美子の顔が撥ねあがった。

「ああ、すごい……熱いよ。なかが火照《ほて》っている」

左右のウエストをつかみ寄せて、ゆったりと抜き差しをする。

この二日間でのセックスで、芙美子の膣は康光のペニスの形に馴染《なじ》んできたのだろうか、粘膜がざわめきながらも隙間なく肉棹にからみついてくる。

女性器は愛する男のペニスに合わせ、自在に形を変えて、まとわりつくものだと聞いたことがある。だとしたら、今、芙美子の愛する男は康光だということになる。

（そうだ……芙美子とはもともと相思相愛の仲だった。俺たちは長いまわり道をした。そして、あるべきところにたどり着いたのだ。もう放さない）

康光は湧きあがる熱い思いをぶつけて、抜き差しをする。

徐々に打ち込むピッチをあげて、深いところに打ち据える。切っ先が子宮口に

届くたびに、

「あんっ……あんっ！」

芙美子はもうここが旅館の一室であることも忘れたかのような甲高い声をあげて、下を向いた乳房をぶるん、ぶるるんと揺らす。

今、こうして、雪の降るなかで、腕をひとつにくくった最愛の女を後ろから犯している。

体の奥底で獣染《けものじ》みた思いが増幅し、尻たぶをつかんで、ぐいと開いた。アヌスが見え、その下に自分のイチモツがずぶずぶと体内に出入りしているところが見える。

左右の尻たぶを鷲《わし》づかみにして、開いた膣口へと怒張を叩き込んでいく。

ぐんっと突き刺すと、切っ先が奥を深々とえぐり、

「ぁああっ……！」

芙美子が凄絶に喘いだ。

うねりあがってくる欲情を抑えきれなくなった。腰をつかみ寄せて、だん、だん、だんと連続して打ち据える。

「あんっ、あんっ、あんっ……ぁああ、すごい、すごい……おかしくなる。わ

たし、おかしくなる……ぁあああ、くぅぅぅ」
芙美子が顔をのけぞらせて、自分からも尻を突き出してくる。
律動《りつどう》に合わせて、尻をぶつけて、
「あんっ……あんっ……！」
大きな声で喘ぐ。
腰を引き寄せて、つづけざまに深いストロークを叩きつけると、
「うはっ……！」
芙美子は康光の突き出した腰に弾き飛ばされるように、前に突っ伏した。
結合が外れて、蜜にまみれた肉棹がそそりたっている。
康光は前にまわって、両膝を突いた。
すると、芙美子はひとつにくくられた両手をシーツに突いて、いきりたってい
るものに舌を走らせる。
自分の蜜で汚れているものをきれいに舐めて、唇をかぶせて頬張ってきた。
「んっ……んっ……」
声をスタッカートさせて、肉の柱に唇をすべらせる。
枝垂れ落ちるストレートロングの黒髪が顔を半ば隠し、ふっくらした唇が肉の

塔を往復する。

芙美子はちゅるっと吐き出し、顔を低くして、睾丸袋《こうがんぶくろ》を舌でなぞりあげる。

女豹のポーズで背中をしならせ、尻を持ちあげて、康光の睾丸を丁寧《ていねい》に舐めあげてくる。

普段は淑《しと》やかで清楚《せいそ》に見える。そういう女がいざ閨《ねや》の床となると、秘めていた欲望をぶつけ、徹底的に奉仕してくれる。

これ以上の女性が他にいるとは思えなかった。

「ありがとう」

康光はお礼を言って、肉棹を口から抜き取り、芙美子をシーツに仰向けに寝かせた。

膝をすくいあげて、潤みきった花芯にいきりたちを擦りつける。

慎重に腰を入れると、傘のように張った亀頭冠《きとうかん》が細い道を押し広げていく確かな感触があって、

「あうぅぅ……！」

芙美子が顔をのけぞらせた。

康光は両膝の裏をつかんで、じっとしている。

イチモツを咥え込んだ膣がくいっ、くいっとざわめいて、包み込んでくる。

回数を重ねるごとに、オマ×コの具合が良くなってくる。

膝を開かせたまま、ぐいぐいと押し込んだ。屹立が体内を擦りあげていくと、

「ぁあああ、あああ……」

芙美子はひとつにくくられた手を頭上にあげて、陶酔《とうすい》したような喘ぎを長く伸ばす。

こうしてほしいのだろうと、康光は覆いかぶさっていき、芙美子の頭上にあげた両腕を上からぐっと押さえつける。

体重をかけて、腕を押しつけながら、腰をつかった。

上から、快楽とも苦痛ともつかない表情を見おろしながら、ぐいっ、ぐいっと勃起を突き刺していく。

「ああ、すごい……あんっ……ぁあああんんっ」

打ち据えるたびに、芙美子は顔を右に左に振りながら、顎をせりあげる。

長い黒髪が乱れ散り、ほの白い乳房がぶるん、ぶるるんと縦揺れする。

苦しげに眉根を寄せていたのに、やがて、眉根がひろがり、うっとりとした陶酔の表情に変わった。

目を閉じて、打ち込まれるたびに、気持ち良さそうに顎をせりあげる。

膣の粘膜がうごめきながら、分身を締めつけてくる。

康光も一気に追い込まれた。

（もっとだ。もっと奥まで突き刺したい！）

康光は上体を立てて、すらりとした足を肩にかけて、ぐっと前屈した。

芙美子の裸身が腰からV字に曲がって、二本の足が持ちあがり、康光の顔のほぼ真下に芙美子の顔がある。

「ぁあああ、苦しい……」

芙美子が顔をゆがめた。

姿勢がきついのだ。それ以上に、この体位だと勃起が深く入って、亀頭部が子宮口を圧迫する。

その姿勢で上から屹立を打ちおろしていくと、

「くうぅぅ……」

苦しげに、芙美子が顔をのけぞらせた。

「きついのなら、やめようか？」

わかっていて、あえて訊いた。

「……つづけてください」

芙美子が答える。

「多少きついくらいのほうが、感じるんだね？」

「……はい」

「わかった。いいよ、そのほうが俺は好きだ」

康光はぐっと体重をかけて、両手をシーツに突いた。

それだけで、挿入《そうにゅう》の深度が増して、康光自身も昂る。

肩にかけた両足を押して伸ばさせ、持ちあがっている尻の谷間にイチモツを叩き込んだ。

ぐさっ、ぐさっと分身が突き刺さり、膣の奥を叩く。そのたびに、

「うあっ……あっ……ぁあああ！」

芙美子はつらそうに喘ぐ。

だが、表情は眉根がひろがって、うっとりとしている。

康光は一転して、浅いところをつづけざまにうがつ。すると、それがまた新しい快感を生むのか、

「いいのよ、いい……ぁあああ、気持ちいい……気持ちいい……」

芙美子は頭上にあげた両手の指を組み合わせて、真っ白な喉元《のどもと》をさらす。しばらくすると、

「ぁああ、ください。ください」

ねだってきた。

「何を欲しいの？」

「強く。強くして……」

「こうか？」

康光が上から大きく叩き込むと、硬直が深いところに届いて、

「あんっ、あんっ……いいの。いいの……メチャクチャにして、お願い！」

芙美子はぎりぎりの状態で訴えてくる。

そして、心からの訴えが、康光をその気にさせる。

「メチャクチャにしてやる。そうら」

のしかかるようにして、思い切り叩きつけた。

屹立を振りおろし、熱く滾《たぎ》る蜜壺を深々とえぐっていると、亀頭部が奥のふくらみにからみつかれ、康光も性感が急速に高まった。

芙美子を奥底から完全にイカせて、自分を刻《きざ》みつけたい。そして、自分から離

れられないようにしたい。

「あんっ、あんっ、あんっ……ぁあああ、来るよ。来る……康光。イッちゃう、わたし、またイッちゃうよ」

芙美子が訴えてくる。

「イケよ。イクんだ。そうら、メチャクチャにしてやる。ぁあああ、おおお」

吼えながら叩きつけた。

奥まで届かせた先端を、もっと奥までとばかりにぐりっと捏ねる。

「いや、いや……許して。もう許して……」

「許さないぞ。イケよ」

汗が額《ひたい》からしたたり落ちた。芙美子もびっしょりと汗をかいている。

ベランダに通じるサッシ戸には、日本海から、二人を煽るかのように風と雪が吹きつけている。

康光は、奥歯を食いしばってスパートした。

ぐいっ、ぐいっと奥まで叩き込んだとき、

「イク、イク、イクゥ……やぁああああぁぁぁ、はうっ……！」

芙美子がそれ以上は無理というところまで顎をせりあげ、がくっ、がくっと躍りあがった。

駄目押しばかりに打ち据えたとき、康光も至福に押し上げられた。

「うおおおっ……！」

吼えながら、腰をさらに突き出して、熱い男液を注ぎ込む。

脳味噌がぐずぐずになるような快感が押し寄せてきて、康光は尻をびくびくさせ、すべての精液を放ち尽くす。

打ち終えて、痙攣する足を放し、ごろんと横になる。

隣を見ると、芙美子は気絶したかのようにぐったりとして、微塵《みじん》も動かない。

その満たされた顔を、ランプの黄色い光が斜め下からくっきりと浮かびあがらせていた。


二人は布団をかけて、裸のまましばらく休んでいた。

ほどよく暖房が効いた部屋には、さっきまでの二人の熱気が漂っている。

康光は、今後のことを切り出すのは今しかないと思った。

「将来だけど、芙美子はどう思ってる？」

腕枕をしたまま、おずおずと言う。

「……まだ、わからないの、ゴメンね」

芙美子が難しい顔をした。当然だろう。

康光は気持ちを伝えることにした。

「俺の意見を言わせてもらっていいかい？」

芙美子が大きくうなずいた。

「きみは離婚したほうがいいと思う。それから……俺と結婚してほしい」

自分の意思をはっきりと伝えると、芙美子が目を見開いた。

「これはプロポーズだけど、すぐに返事をしなくていい。きみがすぐに答えられないことくらいわかる。ただ、俺の気持ちを伝えておきたい」

康光は布団に正座した。

芙美子も飛び起きて、裸のまま正座する。

「この旅で、俺にとってきみがいかに大切であるかがよくわかった。俺は十八年前に置いてきた忘れものを取り戻したい。きみともう一度、やり直したい。事故で死にかけて、自分にとって何が大切なのかがよくわかった。俺にとっていちばん大切なものはきみだ。芙美子なんだ」

「康光……ありがとう。それほどまで……」

「もちろん、きみが大変な立場にいることはわかっている。だから、相談に乗らせてほしい。いろいろと終わったら、俺が迎えにくる。もちろん、娘さんも一緒だ。東京で三人で生活しよう。正直言うと、俺は今の会社にいる意味が見いだせないでいた。辞めようかとも思った。だけど、今の会社で頑張ることに決めた。きみたちを養っていきたいからだ。俺は絶対に迎えにくる。だから、芙美子も安心して、北山と別れてくれ……話はそれだけだ。すぐに答えなくていい。じっくり考えて、それからでいい」

康光はきっぱりと言う。

もう、意気地のない男にはなりたくない――。

「康光……わたし、すごくうれしいの。康光は変わった。頼り甲斐《がい》のある人だと見直した。それがこの旅でよくわかったわ……。さあ、ちょっと寒くなってきたからお布団のなかに入ろうか」

芙美子に言われて、二人は同じ布団に潜った。

「ありがとう、この旅に連れてきてくれて」

芙美子が言って、胸板に頬ずりしてくる。

「きみと二人でここに来られて、よかった」

「わたしも康光と旅ができて、ほんとうによかった……離婚の話、思いきって切り出してみるね」

微笑みながら言って、芙美子は唇を寄せてきた。

唇が重なって、すぐに舌がからんでくる。

途端に、イチモツがぐんと力を漲らせる。

それを感じて、芙美子の手を下腹部に導くと、しなやかな指が肉棹にからみついてきた。

※この作品は双葉文庫のために書き下ろされたもので、完全なフィクションです。

双葉文庫

き-17-66

追憶《ついおく》の美女《びじょ》

日本海篇《にほんかいへん》

2023年1月15日　第1刷発行

【著者】
霧原一輝《きりはらかずき》

【発行者】
箕浦克史
【発行所】
株式会社双葉社
〒162-8540 東京都新宿区東五軒町3番28号
［電話］03-5261-4818(営業部)　03-5261-4833(編集部)
www.futabasha.co.jp(双葉社の書籍・コミックが買えます)
【印刷所】
中央精版印刷株式会社
【製本所】
中央精版印刷株式会社

【フォーマット・デザイン】
日下潤一

ISBN978-4-575-52636-3 C0193
Printed in Japan

霧原一輝
アイランド熱帯夜
書き下ろし長編
離島エロス
五十半ばの涼介は沖縄の離島で、三人の美女といい仲に。自由な性を謳歌できない狭い島で、旅行者は恰好のセックス相手なのだ――。

霧原一輝
夜も添乗員
オリジナル長編
旅情エロス
新米ツアコンの大熊悠平は、東尋坊の断崖で助けようとした女性と懇ろになったことを契機に準童貞からモテ男に。ついに憧れの先輩とも!?

霧原一輝
いい女ご奉仕旅
書き下ろし長編
献身エロス
旅先で毎回美女と懇ろになる恐るべき中年、倫太郎。南のマドンナ女教師から北国の旅館若女将まで、相談に乗って体にも乗っちゃいます!

霧原一輝
美女刺客と窓ぎわ課長
書き下ろし長編
春のチン事エロス
田村課長52歳はリストラに応じる条件として「俺をイカせること」と人事部の美女たちに言い放つ。セックス刺客をS級遅漏で迎え撃つ!

霧原一輝
居酒屋の女神
書き下ろし長編
SEXレースエロス
おじさん5人は、すっかりゴブサタな現状を憂い、皆で「セックス積み立て」を始めた。いち早くセックスできた者の総取りなのだ!

霧原一輝
女体、洗います
オリジナル長編
浴場エロス
スーパー銭湯で今も活躍する伝説の洗い師に弟子入りした23歳の洋平は洗っていたヤクザの妻とヤってしまい、親方と温泉場逃亡の旅へ。

霧原一輝
マドンナさがし温泉旅
書き下ろし長編
ポカポカエロス
松山、出雲、草津、伊香保、婚活旅をする男ヤモメの倫太郎、54歳。聞き上手だから各地で「身の下」相談に。GO TO湯けむり美女!

霧原一輝

蜜命係長と
島のオンナたち

書き下ろし長編
ヤリヤリ出張エロス

会長の恩人女性をさがせ！ 閑職にいる係長に出世の懸かった密命が下る。手がかりはなんとイク時だけ太股に浮かぶという蝶の模様だけ！

霧原一輝

PTA会長は
官能作家

書き下ろし長編
夜の活動報告エロス

山村優一郎は突然、小学校のPTA会長に推挙された。なってみると奥様方の派閥争いに巻き込まれ、肉弾攻撃にチンコが乾くヒマもない！

霧原一輝

部長夫人と
京都で

書き下ろし長編
イケない古都
しましょエロス

頼りない男で童貞の23歳、小谷翔平は部長の家で奥さんと懇ろになり、ついには秋の京都へ不倫旅行。その後、まさかまさかの展開が！

霧原一輝

蜜命係長と
女スパイ

書き下ろし長編
企業秘蜜に
カラダを張れエロス

リゾート開発プランがハニートラップによって盗まれた！ かくなる上はハニトラを逆トラップにかけるまで！ 刺客はどの美女だ？

霧原一輝

オジサマが
好き♡

オリジナル長編
中年のモテ期エロス

「がっつかないところや舐め方が丁寧なのが好き！」体力的に止むに止まれぬスローセックスが逆に美点に！ あ〜、オジサンでよかった！

霧原一輝

鎌倉の書道家は
未亡人

書き下ろし長編
長編やわ筆エロス

空港でのスーツケース取り違えがきっかけで美しすぎる未亡人書道家と出会った祐一郎は北陸の秘境宿でついに一筆入魂、カキ初めする！

霧原一輝

艶距離恋愛が
いい！

遠くても会いにイク
長編エロス

姫路の未亡人から始まって大阪の元ヤントラッカー、名古屋の女将、福岡ではCAと、立て続けにベッドイン。距離に負けない肉体関係！